BOLSILLO ZETA

Título original de *Hasta el cielo*: *Heaven in High Gear*
Traducción: Rosa María Martínez Coll

Publicado por acuerdo con el editor original, Pocket Books, New York.

Título original de *Dios en una Harley: el regreso*: *Joyride*
Traducción: Rosa Borràs

Para la presente edición en un solo volumen:

1.ª edición: noviembre 2005
1.ª reimpresión: mayo 2006

para el sello Zeta Bolsillo
Bailén, 84 - 08009 Barcelona (España)
www.edicionesb.com

Printed in Spain
ISBN: 84-96546-07-1
Depósito legal: B. 23.764-2006

Impreso por LIBERDÚPLEX, S.L.
Ctra. BV 2249 Km 7,4 Polígono Torrentfondo
08791 - Sant Llorenç d'Hortons (Barcelona)

HASTA EL CIELO

DIOS EN UNA HARLEY: EL REGRESO

JOAN BRADY

BOLSILLO
ZETA

Hasta el cielo

A mi hermana Laura,
que ya conoce el motivo

AGRADECIMIENTOS

Ningún escritor que haya tenido la suerte de ver publicado un libro habría conseguido hacerlo sin la ayuda de algunas personas. En mi caso ha habido muchas. Por fortuna todas ellas forman parte de mi vida, y ahora aprovecho la ocasión para darles las gracias públicamente.

A mis padres, Thomas y Claire Brady, que hasta donde me alcanza la memoria me animaron y abonaron las semillas de mi incipiente vocación literaria. A mis hermanas, Patricia y Laura, y a mis hermanos, Paul, Tom, Bo y Ed, que desde el principio creyeron en mí y nunca dudaron de mi futuro éxito. Y a Nancy, mi amiga de la infancia, con quien he compartido mis sueños de escritora.

A mi agente, Denise Stinson, que siempre me ha estimulado para sacar lo mejor de mí. También tengo el privilegio de contar con mi editora, Emily Bestler, que ha guiado con su experiencia mis trabajos.

A muchos de mis colegas escritores por haberme ayudado de mil maneras. A Teresa Allen por haber realizado las magníficas fotos de la portada de mis dos libros y por prestarme su apoyo incondicional. A Joan Swirsky por sus amables y generosos consejos. A Chris Hall, que me ha acompañado a lo largo de mi investigación y me ha dado seguridad. Vista Publishing, Inc. de Long Branch, Nueva Jersey, merece un gran aplauso por ofrecer a los escritores noveles la oportunidad de dar a conocer sus primeras obras.

Finalmente, siempre llevaré en la memoria a mi querido amigo Patrick, por ayudarme a dar el salto... y por enseñarme a mirar más alto.

A todos os estoy profundamente agradecida.

Uno

A pesar de haber regresado a Nueva Jersey, tenía dos motivos para sentirme contenta: era verano y me encontraba en la costa. Cuando por alguna razón no hay más remedio que estar en Jersey, lo mejor es evitar esos meses brutales del invierno. No creo que a nadie le guste verse rodeado de una multitud de personas que no han visto el Sol en cinco meses y que padecen el Trastorno Afectivo Estacional, del que, por supuesto, ninguna de ellas es consciente. A estas alturas no debería sorprenderme. Me crié aquí y he sido como ellos.

Había llegado de Los Ángeles la noche anterior para la visita que cada seis meses hago al frente familiar. Se trata de un rito que me impongo a fin de evitar que sean «ellos» quienes me visiten. Tal como lo veo, mi vida es mi vida y quienes se relacionaron conmigo en mi juventud no tienen por qué saber que me dedico a hacer *strip-tease*.

Contrariamente a las dieciséis compañeras que trabajan conmigo en el Pink Pussycat de Los Ángeles, soy la única que no intenta disfrazar los hechos presentándose como «bailarina exótica» o como «artista». ¿A quién creen que engañan? Por mucho que bailes mientras te desnudas, quitarse la ropa es hacer *strip-tease*. A diferencia de las demás, no tengo el menor reparo en hacer lo que hago. Si no me desvisto, no como. Por otra parte, si no me desnudara no conduciría mi codiciado BMW ni viviría en Brentwood. Así de sencillo. Además, no sé de nadie dispuesto a pagar la hipoteca de mi adosado ni las letras del coche, de modo que lo que haga para sobrevivir es asunto mío, ¿de acuerdo?

Claro que si me vierais cuando voy bien «vestida» seguro que no pensaríais lo mismo. Como no creo que necesite arreglarme demasiado, cuando decido hacerlo elijo sólo lo mejor. Distingo la ropa de calidad en cuanto la veo, y no me importa gastarme el dinero en ella.

He de que reconocer que soy la única del grupo que parece de buena familia y lleva una vida saludable. Nunca he tomado drogas, y eso me diferencia de todas esas fracasadas que trabajan y frecuentan el Pink Pussycat. Me sacrifico demasiado para tener este cuerpo perfecto y no estoy dispuesta a entregarlo al demonio de la droga. No señor. En lugar de ello, prefiero gastarme el dinero en adornarlo con trajes de Chanel, joyas de dieciocho quilates y zapatos Ferragamo.

Hablando de zapatos Ferragamo, observé el que llevaba puesto y hacía balancear de manera seductora mientras esperaba en el bar a mis siempre impuntuales amigas. Supongo que es posible arrancar a una chica de un antro de vicio, pero no necesariamente se puede arrancar el vicio de una chica. Volví a calzarme el zapato renunciando a las miradas de admiración que percibí en los tres tipos sentados a una mesa cercana. Tenía que comportarme y recordar que ahora estaba de regreso en mi ciudad natal. Sólo de paso, gracias a Dios.

Aquí, en la Costa Este, era algo más de medianoche, pero mi reloj biológico indicaba que no eran más de las nueve, y no tenía ni una pizca de sueño. Había quedado con tres amigas en ese chiringuito de la playa para celebrar una pequeña fiesta de «bienvenida», pero como de costumbre llegaban con mucho retraso.

De modo que no me quedaba otra opción que sentarme sola a la barra, tomando un vaso de vino blanco, mientras pensaba en mi vida y la comparaba con la de mis amigas.

Para empezar, formamos un grupo muy variopinto. Tenemos personalidades e intereses muy distintos, y cada una se ha criado en ciudades diferentes. Lo único que tenemos en común es que de niñas todas veraneábamos en la costa de Jersey con nuestras familias, y eso es lo que nos mantiene unidas.

Maria y Barbara son *bennies*. *Benny* no es sólo una clase de anfetamina, sino el modo en que solemos llamar a los neoyorquinos. Por descontado, esto significa que viven al norte de la salida 117 de la avenida Garden State. Crystal es una «zapatones» de Filadelfia. Creo que les llaman así porque, por alguna razón desconocida, se diría que los habitantes de Filadelfia nunca se quitan los zapatos, ni siquiera cuando están en la playa. Siempre se les ve caminar por la arena con sus lechosas piernas blancas y sus anticuados zapatos desgastados. Yo soy la única «desenterradora de almejas», así llamada porque vivía varias salidas al sur de la 117, en la avenida cercana a Asbury Park, lo que me convertía en la única que residía en la costa todo el año.

Además, por si no hubiera quedado claro, no soy lo que se dice una persona «políticamente correcta», pero por lo menos digo lo que pienso. En la vida me habrán tachado de muchas cosas, pero nunca de tener pelos en la lengua.

Así pues, ahí estaba, sentada en ese local supuestamente marchoso, esperando a mis amigas para lucir palmito y decirnos mutuamente lo guapas que estábamos e inventar historias sobre lo bien que nos iba en nuestra vida profesional y hablar de nuestros novios o prometidos y de lo mucho que nos adoraban. Me había enterado de que tanto Maria como Crystal acababan de prometerse. Lo sabía porque mi madre me había enviado los recortes de periódico en que se anunciaba la feliz noticia. ¿Por qué las madres siempre envían a sus hijas, solteras empedernidas, las reseñas de los compromisos de otras personas? ¿De veras creen que nos apetece leer esas tonterías? Como si no pudiera casarme si me lo propusiera. Más bien al contrario, pero, con todo lo que una oye, ¿quién necesita ese quebradero de cabeza?

Lo peor de todo era, claro está, que ahora tendría que apresurarme a comprar algo muy caro para las despedidas de soltera y los regalos de boda. Al fin y al cabo debía mantener mi imagen de mujer bien instalada en la vida, y comprar los regalos más caros y presentarlos con la mejor de mis sonrisas contribuiría a acrecentar mi ya envidiable estatus social ante mis amistades.

Sin embargo, nunca he entendido eso de las despedidas de soltera. No acabo de comprender por qué cuando una muchacha encuentra por fin a alguien que la mantenga, o cuando menos la ayude a pagar las facturas, todas sus amigas solteras que luchan por sobrevivir solas tienen que ofrecerle regalos. He perdido la cuenta de la cantidad de planchas y batidoras que he tenido que adquirir a regañadientes para personas que, en resumidas cuentas, podían pagárselas perfectamente. El mundo es un lugar muy injusto para los solteros. Al menos ahora podía permitírmelo, pero no es ningún secreto que si hace algunos años emigré hacia la Costa Oeste fue porque aspiraba a una vida mejor.

Bueno, con todo mi vida «parecía» muchísimo más excitante que la existencia de «albañil bebedor de cerveza» que llevaban los futuros maridos de Maria y Crystal. Están convencidas de que trabajo de maquilladora en los platós de Hollywood. Me encanta percibir la envidia en sus ojos cuando alardeo de mi estilo de vida en Los Ángeles, describiéndolo para que suene emocionante y atractivo. Tengo un gran talento para narrar historias y soy capaz de ofrecer una descripción fascinante y arrebatadora de la ciudad de los Oscar. Y lo mejor es que no necesito demostrar que lo que cuento es verdad, por el mero hecho de residir a cientos de kilómetros de distancia, de manera que no les queda más remedio que dar mis palabras por ciertas y creer que mi vida es maravillosa. Por otra parte, la verdad no haría más que decepcionarlas.

Por suerte tengo el aspecto de la mayoría de la «gente guapa» de California. Soy alta, un metro setenta y siete para ser exactos, y la forma de vida californiana de comida saludable y asiduo ejercicio ha estilizado y moldeado mi figura. Esta apariencia deslumbrante crea, por lo visto, la ilusión óptica de mayor estatura, y desde luego no pienso lamentarme por ello. Al parecer las mujeres altas intimidan a los hombres, y eso me gusta, sobre todo cuando estoy en el escenario del club.

Hablando de clubes, ¿dónde narices se habían metido mis amigas? Llevaban al menos media hora de retraso, lo que no era raro en ellas. Tomé otro sorbo de vino blanco y eché un vistazo al escenario, todavía vacío, buscando algún indicio del tal Jim MaGuire, el músico que debía actuar esa noche. Más le valía hacerlo bien, porque había tenido que pagar diez dólares de suplemento para oírlo, y esperaba que los mereciera. Me sentía muy relajada esa noche, incluso dispuesta a bailar si se terciaba. Cualquiera pensaría que no me basta con mi trabajo, pero es que bailar me chifla de veras.

Recorrí la sala con la mirada en busca de mis amigas sin ningún resultado y no pude evitar reparar en el desangelado y pequeño escenario situado al final de la barra. Sentados a ella, un tipo y una chica parecían enfrascados en una tensa conversación. Ella, que aparentaba algo más de treinta años, vestía tejanos, camiseta blanca y zapatillas de deporte de lona blanca. Supe de inmediato que era enfermera. No me pregunten cómo puedo saber cosas así, sencillamente lo sé. Adivinar a qué se dedica la gente constituye otra de mis múltiples virtudes. Además tenía ese aura que poseen las enfermeras, o sea, de estar más interesadas por cuidar del estado del resto de los mortales que del suyo propio. En veinte minutos, con la ropa apropiada y un maquillaje bien aplicado, la habría convertido en un bombón. Pero no era ella quien me intrigaba, sino él. No parecía lo bastante vanidoso para ser de Nueva York, pero tampoco era un «desenterrador de almejas» ni un «zapatones». Lo que estaba claro era que sus palabras hacían llorar a la chica. Le vi enjugarle una lágrima con ternura (entonces estuve segura de que no era un neoyorquino) y colocarle un mechón de su cabello color miel detrás de la oreja. A continuación la joven dijo algo, y él sonrió y la besó en la punta de la nariz. Se percibía un gran afecto entre ambos, y era evidente que les unían vínculos muy especiales.

En ese instante me embargó un sentimiento de soledad insoportable. Cualquiera que fuera la relación que mantenían, estaba llena de amor y ternura; de pronto me deprimió no haber sentido nada semejante en la vida. Ese romanticismo conmovedor me es ajeno, por lo que me resultaba desconcertante. A pesar de ello no llegué al extremo de compadecerme de mí misma. No sé por qué razón empecé a pensar en qué ocurriría si muriera en un accidente aéreo de regreso a Los Ángeles. ¿Quién identificaría mi cadáver? Probablemente la única persona que podría hacerlo sería Peter, mi manicuro, que podría reconocerme por la «pedicura francesa» que últimamente me hace. Triste, ¿no es cierto?

Me alegré de que en ese momento se apagaran las luces, sumiendo la sala en la oscuridad y quitando de mi vista la escena amorosa que acababa de presenciar. Así pues, centré mi atención en el escenario y en el imponente y encantador Jim MaGuire. Debo reconocer que su música me cautivó de inmediato. Me dejé llevar por aquellos suaves acordes que delicadamente penetraban hasta algún recóndito lugar de mi corazón, largo tiempo olvidado, y me maravilló que alguien fuera capaz de hacer brotar tanta magia y belleza de un saxo. Sin duda, esa noche estaba sentimental.

Dejé el vaso vacío en la barra y permanecí con los ojos cerrados, impregnándome de la grandiosidad del momento. No me importaba que alguien me viera en semejante estado de ensimismamiento.

Alguien me vio.

Sin ni siquiera abrir los ojos, supe que el tipo a quien antes había visto con la chica estaba a mi lado, e incluso que sonreía. Me pareció que esa clarividencia tenía algo de sobrenatural, aunque sentí que no tenía de qué atemorizarme estando con él. Se trataba de una presencia que parecía traspasar mis párpados cerrados. ¿Y qué tenía eso de aterrador? Por un momento permanecí tranquila, sin interrumpir ese instante prodigioso ni preocuparme por lo que él pudiera hacer. Pero, un momento, quizá debería haberme asustado. Al fin y al cabo, ¿cómo sabía que alguien se había acercado a mí si tenía los ojos cerrados? ¿Y cómo sabía que era el mismo tipo que acababa de besar a aquella chica en la punta de la nariz? Ni idea. Tal vez fuera ese curioso don o sexto sentido que tengo. A menudo percibo cosas que los demás parecen no advertir. En todo caso, me preguntaba qué clase de tío tenía el valor de hacer llorar a su novia, largarse y luego plantarse ante otra mujer.

Decidí ignorarle y centrarme en la música. De vez en cuando le miraba de soslayo y siempre le sorprendía observándome detenidamente. Pero ¿de qué iba ese tío? De hecho no me extraña que los hombres me miren, pero por lo general suelen ser algo más sutiles. Supuse que debía tratarse de un chiflado; estaba acostumbrada. Suelo atraer a esa clase de tipos. No entiendo qué ocurre conmigo: basta con que entre en un lugar abarrotado de gente, para que, si hay algún chalado, venga directamente hacia mí. No se debe sólo a mi aspecto, aunque ser alta, rubia e incondicional de la ropa ajustada no me ayuda a pasar inadvertida. Les atrae algo más misterioso que eso.

Creo que se trata de una energía o una especie de fuerza oculta que deben de captar en mí. Me consta que no proviene de mi corazón tierno y sensible, pues no lo tengo. Hace mucho que aprendí que sentir compasión por alguien, especialmente si se trata de un hombre, representa el inicio de una agonía. De manera que ni hablar, más valía que ese tipo se fuera desengañando. No iba a encontrar en mí un corazoncito cálido y acogedor.

Tuve una revelación sobre la naturaleza de este fenómeno una noche mientras veía *Los más buscados de*

América. Los sábados por la noche sigo fielmente ese programa con el teléfono a mi lado. Observo atentamente los retratos de los sospechosos, dispuesta a reconocer en ellos a algún antiguo ligue, a fin de delatarlo. Por algún motivo intuyo que tarde o temprano alguno aparecerá ahí. Como decía, aquella noche la policía trataba de localizar a una persona desaparecida con perros adiestrados a los que hicieron oler una camisa de la mujer. A continuación los animales salieron corriendo, enloquecidos por el afán de capturar a la presa, hasta llevar a los agentes al lugar exacto donde yacía la víctima, enterrada en una fosa de escasa profundidad. En ese momento comprendí por qué los chalados se sienten siempre atraídos por mí. Al igual que esos perros de caza, deben de captar alguna clase de rastro particular, y saben exactamente hacia dónde dirigirse.

Nuevamente miré con disimulo al tipo que seguía a mi lado. De hecho daba la impresión de ser bastante inofensivo, pero ¿acaso no lo parecen siempre? Estaba enfrascado en la música, circunstancia que aproveché para darle un repaso.

No tenía mal tipo, teniendo en cuenta cómo está la oferta masculina, aunque no daba la impresión de haber pasado largas horas en el gimnasio para impresionar a las mujeres. Me gustan los hombres de brazos y hombros musculosos, pues eso refleja un interés por su cuerpo, el resultado de su esfuerzo por cuidarlo. Estoy convencida de que con la, de por sí natural, abundancia de masa muscular y la generosa provisión de testosterona de que disponen los hombres, tener un buen tipo, les supone un esfuerzo mucho menor que a las mujeres. Yo me sacrifico por mantener una silueta perfecta y no espero menos de ellos. La obesidad resulta mucho más imperdonable en un hombre que en una mujer.

Pero, ojo, no me malinterpretéis. Aquel tipo no estaba, ni mucho menos, gordo. Sencillamente saltaba a la vista que le importaba un comino convertir su cuerpo en una obra de arte o estar de buen ver, y eso era un defecto grave. Puede que mis antiguos novios acaben saliendo tarde o temprano en *Los más buscados de América*, pero no cabe duda de que estarán guapísimos en la tele.

Debía de medir más de un metro ochenta porque yo llevaba tacones y me pasaba. Bajé la vista para comprobar si llevaba esas botas de tacón achatado que suelen usar los bajitos para parecer más altos. Para nada. El tío llevaba zapatillas de deporte, unas Nike de un blanco inmaculado.

Acto seguido me dediqué a observar su atuendo, puesto que una mujer puede averiguar mucho sobre un hombre por la ropa que lleva. El aspecto desgastado de sus pantalones vaqueros era el preciso para conferirle un toque informal, sin llegar al extremo de dar la impresión de necesitar comprarse unos nuevos. Empezaba a caerme bien.

Tenía el vientre plano, y me fijé en el cinturón que ceñía su esbelta cintura. Parecía de piel de serpiente auténtica, aunque no podría asegurarlo. ¿De qué iba ese tío? ¿De *cowboy*? En cierto modo eso esperaba yo. Ese estilo de «rebelde con cara de niño malo» siempre me ha cautivado.

Posé la mirada en su camiseta blanca, que no conseguía ocultar unos hombros anchos y un pecho musculoso que, sin duda, eran un rasgo genético, pues estaba claro que no se dedicaba al culturismo. Lucía un perfecto bronceado, y como no tenía pinta de ser de los que toman el sol largas horas, supuse que era la clase de persona que pasa mucho tiempo al aire libre, un motorista, tal vez.

La temperatura en el exterior rondaría los 27 grados, a pesar de lo avanzado de la noche, y el tipo llevaba puesta una cazadora de cuero negro con las mangas subidas. No parecía molestarle el calor, sin embargo el detalle de las mangas me hizo dudar de sus preferencias sexuales. Ciertamente era una suposición un tanto aventurada, y la mayoría de las mujeres probablemente no hubiera reparado en ello, pero con mi perspicacia y mi amplia experiencia, estaba más que segura. En realidad eso no me preocupaba en exceso. No me interesaba en absoluto tener una relación con ese individuo. Simplemente me intrigaba.

Por último, me centré en su rostro. Por lo general, es lo primero que observo (después de haberme cerciorado de que tienen un cuerpo perfecto, claro), porque las caras me fascinan. El rostro era ancho, de facciones agradables, acordes con el resto del cuerpo. Tenía el cabello negro y sano, con un corte impecable que realzaba su masculinidad. Era sin duda un hombre seguro de sí, porque llevaba el cabello muy corto por delante, lo que dejaba al descubierto unas incipientes entradas y resaltaba su nariz que, aunque algo prominente, armonizaba con el conjunto de sus rasgos, dotándole de un irresistible atractivo viril. Unos mechones largos y traviesos le caían por detrás. Sus cejas, oscuras y espesas, enmarcaban unos cálidos ojos castaños que me sedujeron por completo. Tenía los pómulos altos (¡qué envidia!), y su perfil descendía hacia una boca casi hermosa. En sus mejillas aceitunadas comenzaba a asomar una barba hirsuta, lo que añadía aún más masculinidad a su delicada piel. Me pregunto cómo consiguen los hombres mantener ese estado de barba incipiente. Deben de entretenerse calculando con cuánta antelación han de afeitarse para obtener la longitud precisa alrededor de la medianoche. Como quiera que lo hagan, el tipo que tenía delante se había convertido en un experto.

La música cesó, y volvieron a encenderse los focos, deslumbrando a la mayoría de la asistencia, pues nuestros ojos no habían dispuesto del tiempo necesario para adaptarse al repentino baño de luz. Sabía de sobra que una iluminación intensa y directa constituye el mayor enemigo de las mujeres que han superado la barrera de los veinticinco, y yo ya rebasaba en cuatro años este límite. No es que sea frívola, en absoluto, pero hay que tener en cuenta que en mi trabajo un aspecto juvenil y un buen cuerpo son imprescindibles. Intentaba no entornar los ojos porque, como todo el mundo sabe, eso contribuye a la formación de las odiosas patas de gallo. Observé que a mi hombre no le había molestado lo más mínimo la luz, pues no había pestañeado ni una sola vez. Permanecía junto a mí con esa mirada cálida y ese aire de paz. Era muy extraño.

Incluso más extraño que la irresistible atracción que sentía por él.

Por lo menos eso pensé al principio, cuando noté que el corazón se me ponía a cien, la tensión se me disparaba y tuve la sensación de que iba a estallar. Entonces, para mi consternación, caí en la cuenta de que aquéllos no eran los síntomas de la atracción que experimentaba, sino de uno de mis espantosos e impredecibles ataques de pánico.

¡Oh, Dios, aquí no, por favor! ¡Ahora no! Pero era consciente de que el ataque de ansiedad no atendería a razones.

La sala empezó a difuminarse, y el corazón se me aceleró como un perro de caza que acaba de oler el rastro de su presa. Me costaba respirar y sentí que se me formaba un nudo en la garganta. Paralizada por el miedo, sólo pensaba en tomar aire y escapar de aquel lugar.

Era consciente de que apenas disponía de un minuto, tal vez sólo unos segundos, para alcanzar mi bolso y coger el Valium que en ocasiones me ayudaba a detener esos ataques. Debía apresurarme, pues de lo contrario no estaría en condiciones ni de llevarme la píldora a la boca.

A pesar de que las manos me temblaban violentamente, conseguí encontrar el pequeño frasco en el fondo del bolso y echarme una píldora blanca en la palma de la mano.

La primera se deslizó entre mis trémulos dedos y fue a parar al suelo. Más desesperada que nunca, intenté sacar otra, pero esta vez las veinticuatro pastillas que quedaban en el frasco resbalaron entre mis dedos temblorosos para esparcirse en todas direcciones.

Vislumbré una que había aterrizado cerca de mi zapato y no sé cómo me las arreglé para cogerla.

Incorporándome, intenté llevármela a la boca, pero cuando la tenía a unos milímetros de mis ávidos labios, una mano grande y cálida asió la mía y la cerró con suavidad.

—No lo hagas —me susurró una voz delicada y afable—, conozco un método mejor.

Alcé la vista y me topé con la cara del hombre al que, apenas unos minutos antes, había observado y analizado tan atentamente. Estaba sonriendo, y sus ojos reflejaban compasión.

—Tu ansiedad es tu amiga —añadió con amabilidad—, te ama y únicamente intenta protegerte.

Todavía paralizada por el pánico, fui incapaz de contestar, pero al parecer él no esperaba una respuesta. Siguió hablando para calmarme, con voz suave y tranquilizadora, mientras posaba tiernamente la otra mano sobre mi mejilla.

—No intentes combatirla —prosiguió con un tono reconfortante—. El terror no es tu enemigo. Tu cuerpo te ama, y nunca hará nada que te hiera. Acepta tu miedo, pues a través de él tu cuerpo trata de protegerte de algo que sospecha puede lastimarte. —Me acarició la mejilla con la suavidad de una pluma.

Sus palabras surtieron un maravilloso efecto en mí. Nunca antes había considerado esos ataques de pánico desde una óptica positiva, pero al escuchar a ese desconocido que me recomendaba aceptarlos en lugar de combatirlos, sentí que mi corazón empezaba a levantar el pie del acelerador. En unos segundos recuperé el aliento, mi respiración se apaciguó, y dejé de sentirme a punto de estallar. Recobré la visión, situándome frente a él, fijé la mirada en su maravilloso rostro.

Quería arrojarme a sus pies y agradecerle lo que había hecho. Deseaba explicarle cuánto me aterraban esos ataques, pero intuí que él ya lo sabía. Quería preguntarle quién era, cómo había aprendido a hacer eso y si podría aprenderlo yo. A pesar de que experimentaba una gratitud y una curiosidad desbordantes, de pronto me resultaba imposible verbalizar los interrogantes que me asediaban.

Apoyó un fino dedo sobre mi pulso y nos miramos fijamente.

—Ya ha pasado. —Sonrió—. Todo irá bien. —Señalando hacia el fondo de la sala, añadió—: Tus amigas están ahí, esperándote.

Ya recuperada, volví la vista y ahí estaban, haciéndome señas y encaminando sus pasos hacia mí. Me dejó estupefacta que ese desconocido conociera a mis amigas, y cuando quise interrogarle, había desaparecido.

Me miré la muñeca que él había tocado para tomarme el pulso y observé que algo centelleaba en ella, una especie de partícula brillante; me la sacudí de encima.

Sentí que un intenso hormigueo ascendía por mi brazo.

Dos

Permanecimos en el local hasta que cerró, bebiendo y riendo, chismorreando y adornando la historia de nuestras vidas. Como siempre, los tíos no pararon de tirarme los tejos, algo a lo que estoy acostumbrada. No les hacía el menor caso, con lo que por supuesto se ponían más pesados. Tengo la sensación de que no me interesan los hombres del mismo modo que a mis amigas. Porque ¿quién necesita un novio, teniendo a la AAA (Asociación de Amantes Anónimos)? Te ajustan el nivel de aire de las ruedas cuando está bajo, te proveen de gasolina si se te acaba, y nunca te echan en cara que seas estúpida. Si en el futuro organizan un servicio para sacar la basura, probablemente acabarán con la institución del matrimonio tal como la conocemos. Además, en casi todos los tíos con quienes he salido he encontrado al final algún defecto físico, y eso que, como ya he explicado, no me fijo en un hombre a menos que, como mínimo, sea perfecto.

A medida que avanzaba la velada, me sorprendí mirando hacia la puerta con la esperanza de que apareciera el misterioso individuo que había detenido mi ataque de pánico. Seguramente se había largado en una de las numerosas Harleys que había visto aparcadas en la entrada. En cualquier caso no podía quitármelo de la cabeza. Jamás nadie ha sido capaz de decirme lo apropiado cuando sufro un ataque. La forma en que me había hablado me había dejado pasmada, y ahora mi habitualmente gélido corazón se sentía lleno de gratitud por su ternura. Por descontado, no era tan tonta como para bajar la guardia por completo, sobre todo porque parecía cosa de fantasmas que supiera quiénes eran mis amigas. Aún resultó más extraordinario que, cuando les pregunté si lo habían visto junto a mí, no tuvieran la menor idea de a quién me refería. Normalmente se percatan hasta del tío que mira por donde paso, esperando recoger las migajas, supongo. Me fastidió mucho que hubieran sido tan despistadas en esta ocasión, y al describírselo me miraron boquiabiertas. ¿Qué estaba pasando? ¿Quién era ese tipo?

Lo primero que se me ocurrió fue que debía de tratarse de uno de esos individuos que se dedican a acechar a las tías y tienen la habilidad de pasar inadvertidos entre la gente. Fuera lo que fuera, por lo que a mí respectaba, acababa de obrar un milagro, por lo que deseaba saber más acerca de él.

Observé a la chica que antes había visto hablar con él, la que tenía aspecto de enfermera y había llorado. Sus lágrimas se habían evaporado y ahora conversaba alegremente con Jim MaGuire, toda vez que había desaparecido su anterior acompañante. Unos minutos después, el desenvuelto músico la tomó de la mano y la condujo hacia la puerta que daba al aparcamiento, donde sin duda tenía su moto, posiblemente una Harley. No hace falta ser un adivino para suponer eso, puesto que este lugar atrae más moteros que una convención de veteranos de la guerra de Vietnam. La mujer aparecía completamente recuperada, y envidié su capacidad para olvidar al tipo que apenas una hora antes parecía partirle el corazón. ¿Por qué, en cambio, era yo incapaz de olvidarle? Vete tú a saber.

Mis amigas habían ido a buscar su última consumición antes de que cerraran, pero yo decidí abstenerme. Me alojaba en casa de mis padres en Sea Bright, una pequeña urbanización junto a la playa, famosa por tres cosas: los bares de moda, las inundaciones a causa de las tormentas en invierno y los controles de alcoholemia de la policía de tráfico cada viernes y sábado por la noche durante el verano. Quería evitar a toda costa el examen desafiante e inquisitivo de los guardianes del orden, para lo cual inevitablemente me obligarían a entrar en su destellante guarida de leones.

Los focos, al encenderse de nuevo, nos deslumbraron y mostraron un aspecto de los presentes peor del que tenemos ante el espejo del probador de unos grandes almacenes. Esperé a que mis amigas acabaran sus bebidas observando a un guarda de seguridad que dirigía a la asistencia, como un pastor que guía a su rebaño, hacia la salida. De vez en cuando algún que otro borracho remoloneaba, pero el corpulento guarda le hacía volver sobre sus pasos y lo ponía en la calle.

Barbara, Maria, Crystal y yo salimos juntas. Permanecimos un buen rato en la zona del aparcamiento, charlando, a pesar del ruido que producían los coches al circular por el camino de grava y las motos que se perdían a todo gas en la oscuridad de la noche. Tras desearnos las buenas noches, tomamos diferentes direcciones hacia nuestros automóviles.

Subí al Ford descapotable alquilado y toqué el claxon al incorporarme a la caravana de vehículos que se forma a las dos de la madrugada en ese punto. Abrí la capota y aspiré el aire puro y sin humos. Ya sé que parece de locos, pero disfruto más del techo descapotable por la noche que por el día. Me encanta contemplar las estrellas y el cielo brillante del verano, y oler el fresco aroma del océano.

La noche era húmeda y sofocante, como a mí me gusta. En realidad, esas noches pegajosas de la Costa Este son una de las pocas cosas de Nueva Jersey que echo de menos. Los Ángeles tiene la reputación de ofrecer un clima perfecto y es, con creces, mucho mejor que Jersey en invierno, pero en la Costa Oeste nunca se alcanza en verano el grado de calor suficiente para mi gusto.

Puse la radio en la primera emisora que sintonicé una vez me hube alejado lo bastante de mis amigas, pues era consciente de que eso era lo último que se esperaría de alguien tan moderno como yo y debía cuidar mi imagen, especialmente viviendo en Los Ángeles; además, no quería decepcionarlas. Subí el volumen e improvisé un dúo con Whitney Houston que no sonaba nada mal. Empecé a pensar que, a mi regreso a

Los Ángeles, tomaría lecciones de canto en una de esas escuelas de adultos que siempre veo anunciadas. A decir verdad, siempre he soñado con convertirme en una cantante de sala de fiestas, ¿por qué no en Las Vegas? Ya sé que no es una gran aspiración, pero me gusta entonar esos temas antiguos tan románticos y sentimentales. Juro que he nacido para ello.

En serio, intuyo que tengo verdadero talento en ese terreno. Algunos hombres me han comentado que mi voz inspira imágenes seductoras cuando hablo por teléfono. No es que sea un gran cumplido, lo sé, pero a menudo me dicen que «soy resultona por teléfono», independientemente del tema de la conversación. Por otra parte también tengo buen oído para la música.

Whitney y yo nos desgañitábamos juntas en esa última nota tan alta cuando divisé las inconfundibles luces rojas de las patrullas de tráfico. Siempre instalan el puesto de control de alcoholemia ahí porque es el único trozo de la avenida del Océano que transcurre por una estrecha franja de terreno entre el río y el océano, y no hay espacio suficiente para realizar un cambio de sentido de forma discreta, y menos cuando se ha bebido más de la cuenta. Es una especie de ratonera. Claro está que si alguien es tan estúpido como para beber y conducir, lo más probable es que se merezca que lo atrapen de ese modo. En cualquier caso, para mí sólo representa un pequeño incordio porque nunca tomo más de una copa en una noche.

La circulación se había interrumpido mientras varios agentes, a cual más guapo, caminaban a lo largo de la hilera de vehículos y se detenían ante uno para apoyarse en la ventanilla del conductor y saludarle educadamente. Todo el mundo sabe por qué actúan de esa manera: para entablar conversación y así olernos el aliento, estudiar las pupilas, ver cómo hablamos y determinar si hemos bebido. Naturalmente cualquiera que haya bebido, o sea cualquiera de los que pasan por ahí un viernes por la noche, reconoce haber tomado «un par de cervezas». Por lo visto deben de pensar que admitir eso les proporciona cierta credibilidad y que los polis no han oído ya la frasecita unos cincuenta millones de veces esa noche. Yo nunca digo esa estupidez.

—Buenas noches, señora. —Las palabras del agente surgieron de entre sus labios ocultos bajo el típico bigote machista que, por lo visto, debe llevar todo el personal masculino encargado del orden público—. ¿Ha tomado alguna copa esta noche?

—No, señor —contesté con firmeza y un ligero aire de fastidio al tiempo que le miraba directamente a los ojos. Ésa es la clave; una pizca de fastidio y el contacto visual directo.

—Muy bien, señora —replicó, convencido de que no representaba un peligro para la sociedad—. Disculpe la molestia —añadió, entregándome un folleto con un gráfico que detallaba la cantidad de bebidas alcohólicas que podía ingerir en proporción a mi peso corporal sin acabar con los pies en la cárcel—. Esto es un control de alcoholemia para garantizar la seguridad de todos —explicó—. Que pase una feliz noche. —Sonrió, y casi esperé que se cuadrara para saludarme.

A continuación hizo una seña al agente de delante para que me dejara el paso libre, le correspondí con una sonrisa forzada y avancé despacio. Rebasé a dos policías más que me indicaron que siguiera y lentamente aumenté la velocidad hasta que las luces rojas destellantes se convirtieron en una imagen difusa en el espejo retrovisor.

Entonces sucedió algo divertido.

Me pareció ver a un hombre sobre una moto que me cerraba el paso. Supuse que era otro poli, puesto que acababa de dejar atrás el control y sin duda si a alguien se le ocurría pararse en medio de la carretera los agentes deducirían que había algún problema; un conductor ebrio, por ejemplo.

Estaban pasándose de rosca. Creía haber demostrado a los policías del control que no había bebido. ¿Qué demonios querían ahora? Entorné los ojos cuando estuve lo bastante cerca de él para que alcanzara a ver mi exasperación y al mismo tiempo bajé la ventanilla.

—¿Y ahora, qué? —pregunté en voz bastante alta a pesar de la corta distancia que nos separaba.

—Un pelín defensiva esta noche, ¿verdad? —comentó, al tiempo que se bajaba de la moto y caminaba hacia mi coche. No atiné a discernir si sus palabras contenían cierta ironía o si sólo se trataba de una afirmación. En cualquier caso intuí que algo no iba bien. Su cara quedaba oculta por la sombra del casco de motorista. Un aterrador rayo de lucidez pasó por mi mente y reparé en que no llevaba uniforme ni ninguna clase de insignia, además, la moto que conducía era una Harley-Davidson. Por muy informales que se diga que son, estoy segura de que los polis de Nueva Jersey no van en Harleys, al menos no cuando están de servicio. De pronto, sirenas de alarma irrumpieron en mi cerebro, barreras de paso a nivel interrumpieron el curso de mis pensamientos y se encendieron las luces rojas que indicaban: «¡Peligro! ¡Peligro! ¡Peligro!» Comprendí que se trataba de un impostor y de inmediato disimulé mi miedo. Claro que no cuesta nada mostrarse valiente si sabes que hay una docena de agentes a un tiro de piedra.

Había algo en él que me resultaba familiar. ¿Era, quizás, un antiguo novio? ¿O tal vez uno de mis eternos pretendientes que se había enterado de que estaba en la ciudad esa semana? ¿Quién era ese tipo? Cada vez estaba más convencida de que lo conocía, pero no lograba identificarlo. Entonces lo reconocí. Era el desconocido que había detenido mi ataque de ansiedad, el tipo a quien había estado buscando, deseosa de que volviera. Ahí estaba, en carne y hueso, con la mirada fija en mí, y transmitiéndome de nuevo serenidad con su sonrisa afable. Pero ¿qué estaba haciendo ahí, en medio de la carretera y en plena noche?

Vivir en la Costa Oeste los últimos años no me había cambiado demasiado. Enseguida adopté la actitud distante y mordaz típica de los habitantes de la Costa Este, a pesar de que el tipo me atraía mucho.

—¿Puedo ayudarle en algo? —inquirí, mascando chicle a propósito, con la intención de mostrarme impertinente y descarada.

—No soy yo quien necesita ayuda —contestó esbozando una leve sonrisa.

—¡Ah! Usted perdone —repliqué con retintín, pues su observación me había desconcertado.

—Me llamo Joe —añadió conciliador, tendiendo la mano derecha hacia la ventanilla para estrechar la mía, como se hace en las presentaciones formales. Durante ese intervalo se las había arreglado para no invadir mi espacio, lo que me sorprendió. Soy muy sensible a esos detalles, tal vez por mi trabajo. En realidad soy muy instintiva y siempre me guío por la intuición. Puede que la Madre Naturaleza se quedara corta con las mujeres al dotarnos de resistencia física y fuerza muscular, pero enmendó el entuerto proporcionándonos dos armas secretas: la inteligencia y la intuición. Por alguna razón desconocida, mi intuición me impelía a confiar en ese hombre, aunque nunca había confiado en ninguno.

—Sigue tu intuición —dijo con dulzura—; puedes confiar en mí.

Quedé anonadada. ¿Por qué había dicho eso? Era imposible que me hubiera leído el pensamiento.

Por supuesto no doy por sentado que la inteligencia sea un atributo exclusivo de las mujeres, pero todavía no conozco a ningún hombre que haya alcanzado un estadio de evolución semejante. Por lo general ni siquiera son capaces de entendernos ni aun usando el lenguaje de los signos, interpretar los cuadros de horarios de vuelos o un mensaje por megafonía.

—Heather, intenta relajarte —musitó con una sonrisa cálida—. No voy a hacerte daño.

—¿Que me relaje? —repliqué—. ¿Que me relaje? Oye, pero ¿cómo sabes mi nombre? —De inmediato comprendí que estaba actuando como una estúpida.

—No debes tenerme miedo —susurró—. Te aseguro que nunca te haré daño. Estoy aquí porque es aquí donde está escrito que tú y yo debemos hallarnos en este preciso momento. Nuestro encuentro es perfecto, no fruto de la casualidad. Todo sucede como debe suceder. ¿Lo entiendes?

—Pero ¿de qué puñetas estás hablando? —espeté impaciente, sin haber hecho el más mínimo intento por comprender sus palabras.

—Tal vez juego con ventaja —observó a modo de excusa—, pero créeme, Heather, no tienes nada que temer.

No soportaba que pronunciara mi nombre. Sentía escalofríos cada vez que lo oía de sus labios.

—De acuerdo, si, como afirmas, estás donde está escrito que debes estar, ¿por qué no estás en un bar de moteros, atiborrándote de gin tonics en lugar de interrumpir el tráfico aquí, delante de una docena de polis? —exclamé con la esperanza de evitar una sesuda conversación acerca de su teoría del «encuentro perfecto».

Desvió la vista hacia las luces rojas intermitentes y los atareados policías.

—No hay de qué preocuparse —aseguró con tono quejumbroso—; no pueden verme.

—A menos que yo grite —amenacé.

—Pero tú no vas a gritar —replicó convencido.

—¿Quién eres? —capitulé, y me extrañó el tono de súplica que percibí en mi pregunta.

Sólo obtuve una sonrisa infantil por respuesta.

—Voy a chillar —le advertí, esperando alguna reacción por su parte.

—Como prefieras —murmuró indiferente.

En realidad no sentía deseos de gritar. Ya había tenido bastante con los polis y empezaba a persuadirme de que ese sujeto, el tal Joe, no suponía ningún peligro para mí, aunque no sabría decir por qué.

—¿Qué significa eso de que no pueden verte? —inquirí al recordar, de pronto sus palabras, que en su momento me habían sonado tan naturales.

—Porque únicamente se dedican a buscar lo que hay de malo en la gente —contestó impasible, y al instante añadió—: Es lógico, se limitan a hacer su trabajo. Ya entiendes a qué me refiero; atrapan a los tipos malos y los llevan ante la justicia. —Bajó la vista y, con cierta tristeza, agregó—: Si es así como lo llamáis.

—No has respondido a mi pregunta —insistí—. ¿Por qué no pueden veros ni a ti ni a tu aparatosa Harley plantada en medio de la carretera?

Se produjo un silencio, lo que me permitió reflexionar sobre lo que había dicho.

—Bueno, si, como dices, los polis sólo se preocupan de buscar el lado malo de la gente —pensé en voz alta—, y quieres hacerme creer que no pueden verte, debo deducir que eres una especie de superhombre de comportamiento intachable. ¿Es eso lo que quieres decir? —Mi comentario encerraba una gran dosis de ironía, pero él se lo tomó muy en serio.

—Algo así —asintió meditabundo—, aunque no estoy muy de acuerdo con lo de «superhombre». Cada uno es como es, y con esto debería bastar. Nadie necesita ser un «superalgo» —explicó con una sonrisa paternal, echando un vistazo por encima de mi hombro hacia la patrulla; luego volvió a mirarme—. El caso es que si sólo te preocupa encontrar lo malo de la gente, posiblemente sólo veas eso. Por esa razón los polis acaban quemados tan jóvenes.

—¿No hablarás en serio? —exclamé, incrédula. Pero ¿quién era ese tío?

—No quiero abrumarte revelándote quién soy, Heather. —Su voz sonó protectora. No obstante, la ligera sonrisa que esbozó al pronunciar estas palabras me dejó aún más intrigada que su tono.

Por unos instantes permanecimos en silencio, cada uno enfrascado en sus reflexiones. De pronto su rostro se iluminó y me propuso que hiciéramos una prueba. ¿Dónde había oído eso antes?

—No temas, no es nada raro —aseguró con un destello de entusiasmo en sus ojos castaño oscuro.

Y antes de que pudiera plantear cualquier objeción, me pidió que, de la siguiente docena de vehículos que pasara, contara aquéllos con matrícula de Nueva York. Tratándose, como se trataba, de una zona de destino de veraneantes, frecuentada además por neoyorquinos los viernes por la noche, le seguí el juego. Curiosamente sólo encontré tres matrículas y me pregunté si los *bennies* habrían descubierto un nuevo refugio; desde luego, no iba a echarlos de menos.

—Tres. —Anuncié triunfal—. Tres neoyorquinos, ¿cuál es el premio?

—Todavía no hemos terminado. ¿Cuántas matrículas de Pensilvania has visto?

—¿Qué? —exclamé sorprendida— ¡No vale! No me has pedido que contara las de Pensilvania. Únicamente las de Nueva York —protesté.

—Ya lo sé. Pero ahora te pregunto cuántos coches con matrícula de Pensilvania han pasado.

Lo observé pasmada.

—¡Y yo qué sé! —repliqué armándome de paciencia— ¿Cómo voy a saberlo si no prestaba atención a los vehículos de Pensilvania? Pero ¿adónde quieres ir a parar?

—A veces, cuando se busca algo desesperadamente, lo único que se alcanza a ver es eso —afirmó mirándome a los ojos y transmitiéndome una especie de energía intensa—. Y entonces te pierdes el resto de cosas que suceden alrededor —concluyó.

Permanecí en silencio, intentando asimilar la trascendencia de lo que acababa de experimentar.

—Por esa razón a esos policías les resulta imposible verme —aclaró condescendiente—. No es a mí a quien buscan. En realidad, muchos de ellos ni siquiera creen en mi existencia.

Empezaba a sentir escalofríos. Me azotó la idea de quién podía ser ese personaje, y esa sospecha resultaba muy aterradora para alguien que, como yo, nunca había creído que existiera. Me resistía incluso a considerar tal posibilidad, por mucho que lo tuviera ante mis narices.

—Suéltalo ya de una vez —exigí—. ¿Quién eres?

Permaneció largo rato contemplándome mientras las nubes de la madrugada se desvanecían, como si se retiraran para permitir que una Luna pálida y difusa inundara con su fascinante resplandor la playa desierta.

—Vale más que aparques ahí —indicó, señalando una zona al pie de la playa—. Es una historia muy larga de contar.

Tres

Avancé hacia el espacio sumido en la oscuridad y apagué los faros.

Joe aparcó la moto detrás de mi Ford descapotable alquilado, y bajó ágilmente al tiempo que se quitaba el casco con un gesto rápido y experto.

Caminó hasta mi coche y se detuvo ante la portezuela del copiloto. Me gustó que no diera por sentado que estaba invitado a subir al vehículo. Yo no llegué a verbalizar ese sentimiento, sin embargo él hizo un comentario a la observación que yo no había expresado.

—Nunca voy a donde no me llaman —bromeó.

Sonreí levemente a modo de invitación. Lo cierto es que no sabía qué pensar de él. Una parte de mí sabía, sin el menor atisbo de duda, quién era, pero era incapaz de aceptarlo. Sólo pensarlo me causaba tal horror que temí sufrir otro ataque de pánico.

—Lo siento —masculló—, no pretendo hacerte pasar un mal rato. —Sacó una mano del bolsillo de los tejanos para tendérmela—. Ten —agregó—, toma mi mano.

Permanecí inmóvil, contemplando su hermosa mano como si en ella sostuviese una bomba.

—Vamos —suplicó. Algo inexplicablemente bello y sincero brotaba de sus ojos oscuros—. Hará que te sientas mejor, te lo aseguro.

Muda de asombro, noté que mi mano izquierda se movía por sí sola y se deslizaba sobre la palma amplia y acogedora. Él vaciló por un instante antes de enlazar con sus finos dedos mi mano tensa y crispada. El contacto fue como penetrar en un santuario, un refugio seguro y cálido; sentí que una nube de serenidad me envolvía, introduciéndose por la punta de los dedos y extendiéndose por el brazo; mi corazón palpitante se sosegó y mi cerebro enloquecido recobró la calma.

—¿Quién eres? —susurré por tercera vez. Ya estaba harta de aquel juego de acertijos. Necesitaba que fuera al grano y me dijese de una vez por todas quién era.

Cubrió nuestros dedos entrelazados con la otra mano y me embargó una paz tan inmensa que creí morir.

—Soy el barco insignia. —Sus palabras sonaron tranquilizadoras en la noche—. Soy el engranaje en el cual tú eres una pieza esencial, soy la fina cadenilla de oro del universo de la cual tú eres un eslabón valioso e imprescindible.

Ningún hombre me había dicho jamás nada tan poético. Me quedé perpleja. Quería gritar y reír al mismo tiempo. Quería cantar y bailar, fundirme en él. Quería ser él. «¡Un momento! ¡No te embales!», me reprendí.

—¿Qué quieres decir? —acerté a preguntar—. No estarás insinuando que... en fin, ¿qué quieres decir? —repetí.

—Estás en lo cierto, Heather —murmuró—. Soy quien estás pensando.

—¿Quién? —exigí desafiante con tono de incredulidad a pesar de que en el fondo ya conocía la respuesta. Estaba demasiado asustada para admitirlo.

Guardó silencio largo rato.

—Di algo —me invitó, al fin, amable—, de lo contrario te resultará aún más difícil.

—¡Dios mío! —alcancé a exclamar.

—Bien, vas muy bien —me animó.

—Para nada —repliqué, resistiéndome todavía, temiendo hacer el ridículo—, para nada. ¿Nunca has oído hablar de los delirios de grandeza? —pregunté con el sarcasmo típico de los de la Costa Este—. Tengo entendido que incluso ya hay pastillas que curan ese mal. Basta con que vayas a ver a un psiquiatra. Créeme —añadí—, te hará mucho bien.

—Heather, por favor —dijo con dulzura.

—En serio, no estoy bromeando —insistí—. Se ha progresado mucho en ese campo, de veras. —Pero no colaba. No se tragaba mi rollo; ni yo misma me lo tragaba.

—Heather —repitió, y su voz fluyó ligera como la brisa matutina.

—¡Cielos! ¿Qué? —exclamé, temerosa de mis pensamientos. Llegado el caso, era capaz de plantar cara a un atracador, o posiblemente conseguir convencer a un borracho de que me dejara en paz, pero,

¿al mismísimo Dios? ¿Cómo se enfrenta uno a eso? Nunca me habían preparado para esa experiencia.

—No requiere preparación alguna —afirmó sonriéndome con amabilidad.

—Esto... ¿por qué yo? —le pregunté—. ¿Qué podrías querer de mí? No soy nadie importante.

—Si no lo fueras no estarías aquí —susurró.

Siempre he sido una firme partidaria de jugar con las cartas sobre la mesa, más aún si llevo las de perder. En mi vida han podido tacharme de muchas cosas, pero nunca de ser de las que se andan con rodeos. Me siento orgullosa de ir directamente al grano, y en este caso no pensaba hacer una excepción.

—Mira, es que... no sé cómo llamarte —balbucí, atónita, incapaz de hallar otra excusa.

—Llámame Joe —dijo pacientemente.

—Sí, de acuerdo, Joe —repetí en un intento por recuperar la calma—, no creo que sea la persona más adecuada para lo que quiera que tengas en la mente. Tal vez si el caballero se dignara ilustrar a su dama...

—¿Se dignara? —preguntó.

—Exacto... ¡Vaya!, es usted susceptible.

Rió con mi ocurrencia

—Sinceramente, si fuera susceptible, a estas alturas ya habría muerto varios millones de veces —argumentó—. El caso es que ha llegado la hora de que pongamos orden en tu vida, Heather. He venido para ayudarte a solucionar los problemas que te hacen sufrir. Intenta creerme.

—Bueno, pues si realmente eres Dios —dije con tono desafiante—, ¿por qué no te me has aparecido bajo el aspecto de una mujer? De ese modo me habría resultado mucho más fácil creerte desde el principio.

—Soy una mujer —replicó con seriedad.

—Sí, claro, y yo soy E.T. —me mofé.

—No, de verdad —insistió—, soy una mujer, pero también soy un hombre, si así lo prefieres.

—¿Qué? —exclamé frunciendo el entrecejo.

—Puedo ser cualquiera de las dos cosas. Los que creen que soy un hombre no tienen más razón que los que creen que soy una mujer. En realidad se trata de las dos caras de una misma moneda. Yo soy el Todo, por lo que soy hombre y mujer al mismo tiempo. ¿Lo entiendes?

—No —respondí sincera.

—Ya lo entenderás —prosiguió con calma—. En cualquier caso, tú me percibirás con la apariencia de hombre, porque eso es lo que tú me transmites. Por lo general ante las personas adopto la forma en que sé que están dispuestas a aceptarme, pero en el fondo, no soy ni lo uno ni lo otro.

—Si es así ¿por qué no nos das un capricho a las mujeres y te apareces con falda por una vez en la vida? —repliqué.

—Eso pondría en duda nuestra credibilidad.

Me costaba asimilar que estaba hablando con el Todopoderoso en persona, de ahí mi actitud irreverente.

Pareció reflexionar sobre este punto.

—Supongo que llevar pantalones resulta más eficaz —concluyó. Abrí la boca para protestar, pero antes de que pudiera pronunciar una palabra esbozó una sonrisa y añadió—: Iluminar al mundo es una ardua tarea y, tal como están las cosas, la gente tiende a mostrarse más dispuesta a escuchar a los hombres. No digo que sea justo, pero tengo una misión que cumplir y es normal que me permita el máximo de facilidades. ¿No estás de acuerdo?

—No, en absoluto —repliqué—. En mi opinión, la mayoría de facilidades se las has concedido a los hombres —proseguí al tiempo que apoyaba la mano en la cadera en un gesto de suma indignación—. Y a nosotras ¿cuándo nos llegará el turno?

—¿El turno? —preguntó divertido, enarcando las cejas y sonriendo—. ¿Vuestro turno para qué?

—Nuestro turno para disponer de ventajas en la vida, ya sabes: poder, dinero, libertad; privilegios como estos de que los hombres disfrutáis desde el principio de los tiempos.

—Entiendo —repuso, desplazando la mirada hacia la playa rutilante bajo la luz de la Luna y el lento oleaje de la bajamar. Permaneció en silencio largo rato, y empecé a oler la victoria. Concluí que si hubiera tenido una buena explicación para justificar que las mujeres hayan sido tratadas a lo largo de la historia como ciudadanos de segunda clase, ya la habría dado. Naturalmente, mi convicción de triunfo resultó precipitada.

Se sentó sobre el asfalto, al lado de mi coche, cogió una concha rota y la examinó con expresión ausente bajo la tenue luz de las farolas distantes.

—Lo planteas como si hombres y mujeres fueran dos equipos enfrentados. —Su voz sonó teñida de cansancio, o tristeza quizá.

—¡Por supuesto que lo somos! —repliqué de inmediato. Sin embargo, por alguna razón, su tono apesadumbrado me enterneció—. Mira, tengo una teoría sobre esa cuestión. ¿Quieres oírla? —propuse conciliadora.

Levantó la vista hacia mí; la profundidad de sus ojos me engulló, sumergiéndome en un mar de afecto, y durante unos instantes contemplé hipnotizada la magnificencia de su rostro. ¿Cómo había tardado tanto en reparar en su hermosura? ¿Y por qué ante ese hombre se materializaba, de repente, el sentido de la verdad suprema?

—Deseo oír todo cuanto quieras contarme, Heather —me susurró cálidamente—, cada uno de los pensamientos que flotan en tu conciencia, cada uno de tus sueños, cada uno de los deseos que anhela tu corazón. Dime, Heather, dime qué piensas.

Sus palabras surtieron el efecto contrario al pretendido, pues el amor que destilaban me dejó por un momento sin habla. No recordaba que nadie hubiera mostrado tanto interés por oírme. Si soy sincera, más bien al contrario. A lo largo de toda mi vida he tenido que aguantar el sermón de que hablo demasiado, de que no debería ser tan deslenguada, de que tendría que aprender a medir mis palabras. En cambio ese hombre estaba realmente interesado, deseaba saber qué estaba pensando... y yo había enmudecido.

—*Parlare* —le susurró con la intención de animarme.

—Eso es italiano —dije al tiempo que me preguntaba por qué utilizaba otro idioma para incitarme a hablar—. Sé qué significa —añadí con un punto de orgullo.

—Por descontado que lo sabes. —Sonrió—. Y sabes incluso mucho más de lo que crees. Háblame, Heather —repitió, esta vez en nuestra lengua—, explícame tu teoría.

—Pues bien, verás, creo que las mujeres fuimos hombres en una vida anterior.

—¡Ah! —exclamó, ladeando la cabeza a la espera de que continuase.

—En efecto —proseguí—, por eso aguantamos a los hombres. Es lo mismo que ocurre con los niños; toda persona adulta ha sido un niño y por eso se muestra comprensiva y tolerante con sus hijos, porque recuerda qué sentía en la infancia.

Asintió una y otra vez con la cabeza como si estuviera asimilando mis palabras.

—Así pues, como decía, sospecho que todas las mujeres fuimos hombres en una vida anterior y evolucionamos a un género más maduro llamado «femenino». Por esa razón las mujeres tenemos la paciencia (bien, no todas) y el empeño de enseñar a los hombres a ser civilizados como nosotras. Claro está que esto no siempre funciona, pero igual que los adultos son un modelo para los niños, nosotras tenemos la responsabilidad de practicar con el ejemplo.

—Entiendo —dijo con un gesto de asentimiento—. Veo que has meditado mucho sobre el tema.

No sé qué debió de pasarme por la cabeza en ese momento, pero de pronto me entraron ganas de caminar por la playa a la luz de la Luna. ¿Quién lo hubiera dicho? Yo, la más urbanita de las personas que conozco; yo, la insensible «señorita Rottenmeyer» de los años noventa, deseaba andar descalza por la fría y húmeda arena, cogida de la mano de un hombre que me había hablado en italiano y en el lenguaje universal del corazón; un hombre que sabía que tenía sueños y que me había animado a contárselos.

Joe se incorporó en el mismo momento en que yo abría la portezuela del coche y me tendió la mano en un gesto que me invitaba a apearme. Ignoro cómo había adivinado lo que estaba pensando, pero daba igual. Un pesado fardo que había soportado sobre los hombros durante años, como la figura del albatros con las alas extendidas que llevaba providencialmente colgada del cuello, y que de pronto se había evaporado. Me sentí ágil, lo que resulta una proeza teniendo en cuenta que mido un metro setenta y siete descalza y que tengo bastante más masa muscular que la mayoría de las mujeres.

—¿Por qué me siento tan ligera? —le pregunté asombrada mientras él quitaba la llave del contacto y cerraba la portezuela después de que yo hubiera bajado.

—El miedo te ha abandonado —concluyó, terminante.

—¿Miedo? ¿Qué miedo? —pregunté, escudándome todavía en la necesidad de mostrarme dura aprovechando el cinismo que caracteriza a los habitantes de la Costa Este.

Joe se limitó a darme un apretón en la mano que me tenía cogida. Sus dedos rodeaban los míos, y me sentí frágil y pequeña a su lado. Era una sensación increíble, diferente, diría yo, porque ningún tipo me ha hecho nunca sentir pequeña, siendo como soy más alta que la media de los hombres y con mejor figura probablemente. Me resultaba divertido, casi me complacía.

—Ya te acostumbrarás —dijo con una sonrisa. Me condujo hacia la franja de bloques de piedra que bordea la orilla de la playa para evitar que ésta se erosione durante las severas tormentas del invierno de Jersey.

Esa noche cometí la idiotez de no ponerme las lentillas, por lo que apenas distinguía dónde pisaba en la oscura y pedregosa playa; por otro lado era demasiado presumida para usar las gafas. Preferiría partirme la crisma a permitir que un hombre me viera con las gafas puestas.

Oí a Joe reír y comprendí que había leído mis pensamientos. Descubrí que era capaz de reírme de mí misma, algo también nuevo para mí. De algún modo intuí que se trataba de un hombre capaz de hablar el lenguaje de cualquier persona, que conocía los secretos más profundos y mejor guardados de cada uno de nosotros, y que nada de lo que hiciera o dijese podría sorprenderle o decepcionarle. Con todo, también yo tenía mi amor propio y no estaba dispuesta a mirarle a través de los cristales de culo de botella de mis gafas de concha.

Por suerte, se encaramaba con pie firme a esas rocas enormes, como los asnos que los turistas alquilan para visitar las entrañas del Gran Cañón.

—¿Has estado en el Gran Cañón? —preguntó divertido.

—Una vez —contesté, demasiado ocupada en mantener el equilibrio entre las rocas resbaladizas para advertir que de nuevo me había adivinado el pensamiento.

Alcanzó la playa y a continuación me rodeó galantemente por la cintura con las manos y me alzó para depositarme con suavidad a su lado sobre la arena.

—Estupendo —dijo, tomándome de la mano otra vez—. Muy poca gente ha visitado ese lugar a pesar de que se trata de uno de esos parajes que he creado a propósito para que todos me tengan presente. —Hizo una larga pausa y preguntó—: ¿Te gustó?

—Pse, no está mal —le contesté con indiferencia.

—¿Sólo «pse»? —Su voz delató decepción—. Pensé que te habría impresionado —añadió algo dolido.

—¡Oh, no te ofendas! —exclamé—. En realidad me gustó. Es un lugar muy bello, de veras —reconocí.

—No tan bello como tú —declaró con una sonrisa de admiración—. El espíritu humano es la más bella de mis creaciones —agregó alzando la vista hacia el cielo repleto de estrellas—, aunque casi todos están descontentos de su apariencia física.

Esta afirmación me desconcertó por un instante, pero enseguida me repuse y contraataqué con una de mis típicas salidas:

—Menos mal que sé que no lo dices por mí. Cuido mucho de mi cuerpo y estoy orgullosa de conservarlo así —aseguré con suficiencia.

—Precisamente lo decía por eso —repuso sin dejar lugar a una posible réplica. Permaneció en silencio unos instantes mirándome fijamente a los ojos, se quitó la chupa de cuero negro de motero y la arrojó tan lejos como pudo sobre la fría arena. A continuación su desgarbada figura se dirigió hacia el lugar donde había caído, se sentó extendiendo la chaqueta junto a él y me indicó con señas que me sentara sobre ella en la arena—. He creado vuestro cuerpo con todas sus complejidades y mecanismos de defensa para que nunca tuvierais que preocuparos de él. Quería que dedicarais vuestro tiempo a pensar en cosas más importantes, como por ejemplo aprender a ser amables con vuestros semejantes y evolucionar hasta alcanzar vuestro potencial máximo. —Su mirada se dulcificó, y a continuación añadió—: El cuerpo no es más que un recipiente para contener el espíritu. Lo que define a las personas es la esencia espiritual, no el cuerpo.

—Sí, claro, pero ¿acaso hay algo más importante que el cuerpo? —pregunté desafiante—. ¿Qué más tengo, aparte de mi cuerpo? —«A ver cómo sale de ésta», pensé.

—En serio, Heather —dijo con tristeza—, pensaba que la gente, especialmente las mujeres, habíais abandonado esa concepción de la belleza.

—¡Hey!, tengo noticias frescas, colega —le contraataqué—. Por si no te has enterado, no somos las mujeres las que definimos el concepto de belleza en este mundo.

Contempló silencioso la oscuridad del océano. Por un instante me planteé que tal vez mi empeño por tener un cuerpo perfecto y no esperar menos de los hombres era un poco superficial.

—¿Cuánto hace que vives en el sur de California? —preguntó con amabilidad y sincero interés.

—Cinco años.

—¿Y por qué fuiste a parar allí? —inquirió curioso—. ¿Qué andabas buscando?

Medité antes de contestar. Por algún motivo, consideré importante responder con sinceridad. Sabía que mis palabras desvelarían algo sobre mí en lo que nunca antes me había parado a reflexionar. Intuía que estaba a punto de hacerse la luz en algún rincón oscuro y recóndito de mi alma, y lo que allí pudiera encontrar me producía temor. ¿Y si topaba con los sentimientos que siempre me niego a analizar? De repente una imagen acudió a mi mente, y de inmediato supe cómo explicar por qué había hecho las maletas cinco años atrás y puesto rumbo al oeste.

—Bien, sucedió más o menos así —empecé mi relato—. Hace cinco años alguien tuvo la brillante idea de instalar un circuito de minigolf aquí, en la playa. Querían que resultara exótico y atractivo, por lo que importaron palmeras de Sudamérica y las plantaron alrededor del circuito.

Volvió su dulce rostro hacia mí, interesado por la historia.

—Pues bien, el verano estaba en pleno apogeo, todos los *bennies*, los «zapatones» y el resto de los veraneantes pensaron que tener palmeras en la famosa costa de Jersey era el no va más. De pronto esto se llenó de domingueros.

—¿Y después? —murmuró.

—El invierno llegó mostrando su cara más desagradable y, por supuesto, las palmeras murieron con la primera helada. ¿Acaso no sospecharon que ocurriría algo así? ¿Realmente eran tan estúpidos como para creer que las palmeras resistirían un invierno de la Costa Este?

—Bien, ¿y eso qué tiene que ver con tu decisión de trasladarte a la Costa Oeste? —preguntó sin el menor asomo de impaciencia en la voz.

—Yo solía hacer *footing* en esta zona, de modo que cada mañana veía esas pobres palmeras moribundas, y al cabo de un tiempo empecé a darme cuenta de que me parecía mucho a ellas.

Enarcó las cejas, en silencio.

—Comprendí que yo también estaba muriéndome —proseguí—, de tan atrapada como me sentía. Por aquellas fechas trabajaba de camarera en el restaurante Vinnie's Diner al final de esta carretera y tenía la impresión de que me consumía en aquel chiringuito. Por expresarlo de alguna manera, comprendí que estaba en el lugar equivocado, que nunca podría florecer entre el frío polar, el ritmo trepidante y la insolidaridad de los habitantes de la Costa Este.

—Así pues, obedeciste los anhelos de tu corazón y te marchaste a donde pensabas que encontrarías más amabilidad y libertad —concluyó.

—Exacto —asentí, asombrada de su capacidad de deducción.

Permaneció callado cinco minutos y luego, en un gesto protector, deslizó su brazo que empezaba a resultarme familiar, por mis hombros.

—Tus intenciones eran tan puras... —afirmó como si pensara en voz alta.

—¿Qué quieres decir con «eran»? —le desafié, dispuesta a enzarzarme en otra discusión si así lo quería.

—Nada —respondió con una sonrisa—. California es el lugar donde he encontrado una actitud más positiva entre la gente. Sin embargo, muchos de ellos han llegado demasiado lejos en su afán por conseguir un cuerpo perfecto. Empezaron como tú, con la mejor de las intenciones, deseosos de gozar de la vida, pero en algún lugar del camino perdieron la pista del disfrute y empezaron a juzgar a las personas por el grado de admiración que despertaba su aspecto.

No había nada que objetar. Acababa de dejarme fuera de juego.

Joe advirtió mi desconcierto e intentó animarme:

—Las personas rebeldes son mis preferidas, Heather.

—¿Me consideras una rebelde?

—Intento no poner etiquetas, pues son peligrosas —sentenció—. Pero estoy convencido de que en el fondo te consideras una inconformista y estás orgullosa de ello. Has pasado mucho tiempo indignándote por las injusticias que has sufrido y tratando de escapar de ellas, y no hay nada reprochable en ello. —Hizo una breve pausa para medir el alcance de sus palabras y añadió comprensivo—: El caso es que has estado huyendo en la dirección equivocada.

Estaba resuelta a no hablar de mi pasado, mi miserable infancia y el sufrimiento que me había causado. Sencillamente no estaba preparada para hurgar en aquellos recuerdos, de modo que opté por guardar silencio. Al fin y al cabo, agua pasada no mueve molino.

Lanzó un suspiro y bajó la vista, se incorporó tendiéndome la mano amplia para atraerme hacia sí con ternura y, a pesar del calor estival, sentí que se me erizaba la piel. Una sonrisa comprensiva se formó en sus labios mientras recogía su cazadora de cuero negra de la arena y se la echaba sobre los hombros.

—Sospecho que tenemos muchas cosas de que hablar —dijo con tono reconfortante—. Espero que no te importe que interrumpamos ahora nuestra conversación y volvamos a vernos otro día para reanudarla.

—Como quieras —repuse, sorprendida por la decepción que experimenté al comprender que daba por concluido nuestro encuentro; por supuesto, me abstuve de mostrar mis sentimientos—. Por cierto, antes de que nos separemos, dime qué hay de malo en ser inconformista —pedí.

Sus ojos adquirieron una expresión risueña y sus palabras sonaron dulces como la miel:

—Nada —contestó con la suavidad de un beso—. Los inconformistas son los buscadores de la verdad del universo. Quienes no se sienten oprimidos no se rebelan. Por eso reservo los retos más difíciles para las personas que, me consta, poseen la valentía de poner en duda el statu quo y que, llegado el caso, hacen que los demás vean las cosas de otra manera. Por fortuna, son las personas que ayudan a que el mundo cambie, a poder ser de forma pacífica.

—¿Significa eso que apruebas mi manera de ser? —pregunté, pues me costaba creer que alguien, en particular un tipo tan espiritual como él, valorara a alguien como yo—. ¿No censuras mi estilo de vida? Bueno, ya sabes, por hacer, ejem... *strip-tease*.

Me dedicó una sonrisa cariñosa y me asió por la barbilla de modo que no tuviera más opción que percibir la bondad de sus profundos ojos castaños.

—Mi querida y encantadora Heather —susurró—, no tienes idea de cuánto te quiero.

Cuatro

Tras aquel encuentro, el resto de las vacaciones transcurrió sin sobresaltos. En fin, ¿hay algo que pueda compararse con la compañía de que disfruté aquella noche en la playa? Ni siquiera recuerdo cómo llegué a casa; supongo que mi cerebro se limitó a poner el piloto automático y, a decir verdad, desde entonces me encuentro en una especie de trance. Si ese tipo era realmente quien decía ser, obviamente no tenía ningún interés en juzgar mis acciones. Y no hace falta que diga lo que eso representaba para mí. De hecho, él mismo había reconocido que se precisa mucho valor para plantearse ciertas cuestiones. Incluso me había llamado «buscadora de la verdad», lo que había despertado en mí un sentimiento de satisfacción personal que ni siquiera el culturismo me había proporcionado jamás.

En cierto modo, sentía pena de él por el sambenito que le habían colgado. Me refiero a que la mayoría de la gente imagina a Dios como un ser estrecho de miras, un justiciero que se complace en imponer su visión de la justicia. Pero si cualquiera de los que piensan así tuviera la ocasión de pasar una hora con él, en la playa y a la luz de la Luna, como yo, comprobaría que no hay nada más alejado de la realidad. Por lo visto, se ha ofrecido una falsa imagen de él, y sin duda yo podía dar fe de ello.

En el último día de mis vacaciones, lo único que me afligía era no haber vuelto a encontrarme con él antes de marcharme. Di una vuelta por los sitios donde habíamos estado juntos, pero fue como si hubiera desaparecido de la faz de la Tierra. Me contenté pensando en que me había invitado a continuar la conversación en el futuro, pero aquel día debía tomar el avión hacia Los Ángeles a las dos de la tarde sin falta, por lo que no albergaba muchas esperanzas.

Siempre he preferido el esfuerzo físico a la gimnasia mental. Antes movería una montaña que resolver un problema cotidiano. Mi idea del infierno es tener la obligación de pensar en todo, y no se trata de que sea idiota o algo parecido, sino que supongo que mis padres y los maestros de la escuela tal vez estaban en lo cierto al afirmar que era una «perezosa mental». En cambio Joe había convertido el hecho de discurrir en una actividad fácil y curiosamente divertida, lo que me resultaba fascinante. Tan sólo me arrepentía de no haber hablado más de mi futuro, de no haberle comentado mi proyecto de ser cantante en las salas de fiesta de Las Vegas. Me habría gustado conocer su opinión al respecto.

Nada de todo eso importaba ya. Mis vacaciones habían llegado a su fin y yo debía regresar a Los Ángeles. Convencida de que nunca volvería a verle, decidí darme por satisfecha con haber tenido la suerte de pasar ese rato con él. ¿Cuánta gente podría decir lo mismo? De hecho no tenía la intención de comentarlo con nadie. Como ya he dicho, no soy idiota.

Devolví el Ford descapotable alquilado en el aeropuerto de Newark y me dirigí hacia la puerta de embarque para tomar el vuelo directo a Los Ángeles. No me apetecía demasiado trabajar en el club esa noche, pero sí resultaría agradable estar de vuelta en el refugio familiar de mi adosado. Si Nick, el dueño del Pink Pussycat, y Anthony, el chismoso de su hijo, siempre habían pensado que era una persona de carácter, después de esas vacaciones podían ir preparándose. Ahora poseía algo más que un físico despampanante. Dios o «Joe» o quienquiera que fuera había asegurado que me quería, ¿y qué puede proporcionar más poder que eso?

Fui a facturar mi equipaje y creí reconocer al mismo empleado que me había atendido a mi llegada. Resultaba difícil afirmarlo con rotundidad puesto que mantenía la cabeza gacha.

—¿Seguro que lo tiene todo, señora? —masculló al cargar mis maletas en un carro.

Estaba ocupada buscando unas monedas y le respondí distraída:

—Sí, ¿por qué?

—Recuerdo estas maletas —afirmó—. No suelen verse demasiadas de color rosa salmón. Me da la impresión de que traía más cuando llegó aquí. ¿Está segura de que no ha olvidado ningún bulto por ahí?

—Sí, estoy segura —repetí, un poco molesta porque de pronto ese empleado parecía dispuesto a suplantar a mi madre. Sin duda alguna sólo pretendía obtener una buena propina.

Me daba la espalda mientras hablaba, pero su voz me resultaba muy familiar.

—¿Ves cómo eres? —bromeó—. Siempre una inconformista.

—¡Joe! —exclamé con los ojos como platos, esperando que se volviera.

—Lo cierto es que has dejado atrás algún bulto. —Rió abiertamente, volviendo el rostro hacia mí para dirigirme la aterciopelada mirada de sus grandes ojos castaños—. Quizá no era rosa salmón, pero estoy seguro de que te sientes mucho más ligera sin él.

Me quedé pasmada.

—¿Qué haces aquí? ¿Cómo has podido...? ¿Fuiste tú quien me atendió cuando llegué aquí?

Siguió riendo, divertido con mi desconcierto.

—No pensarías que iba a dejarte marchar sin despedirme, ¿verdad?

—¡Ven conmigo! —le pedí impulsiva. Empezaba a persuadirme de que ese hombre era capaz de cualquier cosa.

—Tengo la firme intención de acompañarte —aseguró muy serio—. Intenta perderme de vista, y te darás cuenta de que es imposible.

—Bueno, pues más vale que te apresures si hemos de comprar tu billete —sugerí como una estúpida—. Mi vuelo sale en unos minutos.

—No es así como funciona esto —afirmó, poniéndome las manos sobre los hombros—. Uno de los privilegios de que disfruto es que no tengo que sentarme en un estrecho asiento como si fuera una sardina en lata durante más de cuatro horas —dijo divertido. Se llevó el dedo índice a los labios, depositó un beso en la punta y lo posó con delicadeza sobre los míos...—. Te veré cuando llegues, en la salida, señorita soñadora de California. —Sonrió—. ¡Buen viaje!

Acto seguido dio media vuelta y se perdió entre la presurosa multitud del caótico aeropuerto. Permanecí largo rato con los dedos sobre los labios, donde había posado su beso, hipnotizada tanto por su caricia como por el halo de serenidad que desprendía a su paso. Cuando al final retiré los dedos de mis labios comprobé que en uno de ellos brillaba algo.

Sólo cuando una mujer que, acompañada de una criatura, se dirigía a toda prisa hacia su puerta de embarque me pasó el cochecito del niño por encima del pie recordé que yo también tenía que tomar un avión. Aferrando el bolso de mano, llegué a la puerta de embarque justo antes de que el avión despegara.

Una vez acomodada en un asiento al lado de la ventanilla, me dediqué a reflexionar sobre cuanto me había sucedido durante las vacaciones. Como era de esperar, se habían producido las disputas y monsergas que, desde que recuerdo, siempre han caracterizado a mi familia. Todos están convencidos de que me gano la vida como maquilladora de famosos, y no pienso desengañarlos. Naturalmente, mientras estuve en casa discutimos, nos criticamos y acusamos mutuamente de toda clase de bajezas y afrentas, como en los viejos tiempos. Viejos tiempos de miserias. Sin embargo, con el paso de los años he aprendido algunas tácticas de supervivencia y ahora me protejo con una armadura invisible que impide que todo eso me venza. Cuando, gracias a Dios, llega el final de mi visita, corremos un tupido velo sobre nuestras diferencias, nos damos un beso de despedida e intentamos actuar como la gente normal hasta mi próxima visita, cuando vuelve a iniciarse el ciclo. He llegado a un punto en que ya ni me causa desconcierto.

En cambio, lo que sí me desconcertaba de esas vacaciones era mi encuentro con el mismísimo Dios. Y aunque al principio me había mostrado escéptica al respecto, en ese momento estaba ya totalmente convencida de que era él, y eso me resultaba muy gracioso. De ser yo Dios, creo que sería la última persona de la Tierra a quien acudiría.

Dejé de creer en Dios cuando cursaba segundo de primaria en la escuela católica de Nuestra Señora de los Dolores. Recuerdo que las monjas nos obligaban a ir a misa cada día durante la Cuaresma y teníamos que adoptar actitud de recogimiento mientras rezábamos y nos arrepentíamos de nuestros pecados.

Indefectiblemente, se me agotaban enseguida los pecados de que arrepentirme, por mucho que sor Mary Margaret asegurara que eso era imposible. Así pues, me limitaba a permanecer sentada contemplando los murales de las paredes y el techo, muerta de miedo por las imágenes que ofrecían, lo que supongo era mejor que aburrirme hasta morir de arrepentimiento. Aquellas pinturas resultaban horripilantes para una niña de seis años.

Se trataba de una serie de escenas que mostraban a numerosas personas ardiendo en el infierno como castigo a sus pecados. En apariencia estaban desnudas, aunque sólo se les veían los brazos, que emergían del fuego del averno, y las caras agonizantes suplicando piedad mientras las llamas lamían sus cuerpos chamuscados. En ocasiones, si aguzaba el oído, hubiera jurado que hasta las oía gritar. Durante años esas imágenes me persiguieron y, aún hoy, aparecen en mis sueños de vez en cuando. Por eso no es de extrañar que a los seis años llegara a la convicción de que Dios no existía, y de que un grupo de personas perversas había pintado los muros de la iglesia con el fin de atemorizar a los niños pequeños para que se portaran bien. Por lo visto, ese sistema no siempre resulta eficaz.

Y ahora Dios se me había aparecido para pasear conmigo por la playa e instruirme pacientemente sobre algunas de las cosas que sor Mary Margaret había intentado en vano inculcarme. Lo más fuerte es que de pronto no sólo creía en Dios después de tantos años, sino que además comenzaba a enamorarme de él, lo que con toda probabilidad me costaría alguna penitencia. Tan sólo esperaba no acabar representada en los murales de alguna iglesia.

Gracias a las tres horas de diferencia aterricé en Los Ángeles al caer la tarde. Avancé por el caótico aeropuerto para recoger el equipaje, mientras leía ausente los carteles con nombres escritos en rotulador negro que mostraban los chóferes de las limusinas. Siempre he pensado que si un día decido tener un hijo, ésa sería una buena manera de escoger su nombre, puesto que se exhibe una gran variedad.

Me detuve ante la cinta transportadora número tres, atenta a la hilera de maletas que desfilaba entre la multitud de viajeros fatigados. Me fijé en una que parecía haber sufrido un golpe y que realizó unas tres veces el recorrido sin que nadie la recogiera, hasta el punto de que me inspiró cierta compasión. De ese modo me había sentido yo innumerables veces, como una maleta abandonada que no deja de dar vueltas y vueltas, con la esperanza de que alguien la rescate de su interminable trayecto circular.

Alejando de mí ese pensamiento deprimente, divisé mis dos maletas rosas y las cargué en el carrito alquilado que tenía a mi lado. Cuando lo empujaba hacia el aparcamiento reparé en uno de esos carteles y me percaté de que en él aparecía mi nombre. Parpadeé y volví a mirar; sin duda rezaba «Heather Hurley».

Reconocí las largas y hermosas manos que sostenían el cartel antes de observar los tejanos, la camiseta y las zapatillas de deporte que ya me resultaban familiares. Ni siquiera necesitaba ver su rostro para reconocerlo porque cada milímetro de su persona era indiscutiblemente «Joe». Se hallaba ante mí, en medio del aeropuerto de Los Ángeles, sonriendo de oreja a oreja al advertir la sorpresa que me había causado.

—Espero que no pretendas atar mi equipaje en la Harley —bromeé, intentando contener mi desbordante alegría.

—No me gusta llamar la atención. Pensaba que

iríamos en tu coche —prosiguió, arrojando a una papelera cercana la pancarta con mi nombre escrito—. He hecho esto para asegurarme de que nos encontraríamos.

En un desacostumbrado gesto de afecto, afirmé:

—Bueno, yo sí te he encontrado a ti, en cierto modo.

Sonriendo, me rodeó con su fuerte brazo al tiempo que con la otra mano empujaba el carrito.

—Sé que tienes que trabajar esta noche —observó sin el menor asomo de reproche, contrariamente a lo que yo esperaba—, pero he decidido acompañarte hasta tu casa, si no te importa.

¿Si no me importa? ¿Si no me importa? ¿Acaso no había notado cuánto me había emocionado volver a verlo? Le lancé una sonrisa y por el aire de satisfacción que exhibía su rostro deduje que lo sabía de sobra.

Cuando llegamos al coche, Joe me cogió las llaves y, tras cargar con destreza mi equipaje en el maletero, me abrió la portezuela del pasajero.

—¿Te parece bien que conduzca yo? —preguntó.

Me parecía más que bien. De ordinario no habría consentido que un hombre entrara de buenas a primeras en mi coche o en mi vida, pero con Joe se me antojaba lo más natural del mundo. Lo cierto era que en ningún momento tuve la sensación de que se entrometía o invadía mi intimidad.

Nunca antes me había sentido tan a gusto con un hombre, y me agradaba sentirme así.

Charlamos y reímos durante todo el camino, y cuando entramos en el garaje subterráneo de mi casa no reparé en que no me apetecía en absoluto trabajar esa noche.

—Supongo que todo lo bueno llega a su fin —susurré con tristeza al bajar del automóvil y ver la Harley de Joe aparcada en el espacio reservado a los visitantes.

—No siempre es así —observó Joe con desenfado mientras descargaba el equipaje del maletero—. Todo lo bueno está aquí, en este mismo instante, a la espera de «acontecer», a la espera de que tú lo encuentres.

Enmudecí hasta que el timbre del ascensor me devolvió el habla.

—Sí, claro, lo bueno tendrá que esperar hasta que salga del trabajo esta noche —repliqué, pesimista—. No creo que encuentre muchos instantes maravillosos allí.

—Ya sabes que eres tú quien ha de elegir, Heather —sentenció.

—Bueno, no empecemos otra vez —repuse a la defensiva —. Si no trabajo, no como. Así de sencillo. Y no estoy de humor para hablar de eso ahora —añadí, quitándole las maletas y colocándolas en el ascensor.

Sonrió cariñoso y mantuvo la puerta abierta con su amplia y delicada mano.

—¿Cuándo estarás dispuesta a hablar de ello? —preguntó.

—Nunca —espeté.

—¿Qué te parece mañana? —sugirió con amabilidad—. Podríamos ir a la playa en mi Harley. La playa es un buen lugar para las conversaciones importantes, ¿no crees?

—Lo que creo —contesté impaciente— es que voy a llegar tarde al trabajo si no subo ahora mismo y deshago el equipaje.

—Tienes razón —reconoció—. Vas a llegar tarde para algo que odias, y no querrías hacerlo, ¿verdad?

Analicé la frase intentando detectar un deje de crítica o impaciencia en su voz, pero fue en vano. Se había limitado a decir la verdad. La verdad que no quería oír en ese preciso momento.

—Mira, no tengo tiempo de discutir —repuse—. Ya nos veremos, ¿de acuerdo?

Su sonrisa se iluminó, y me miró comprensivo.

—Te recogeré a las doce del mediodía —me anunció con un guiño—, y lleva el bañador. —Se acomodó sobre la moto y percibí cierto entusiasmo en su voz cuando exclamó por encima del hombro—: ¡El mar nos espera, muñeca!

Cinco

Tan pronto como entré en el aparcamiento y franqueé la puerta posterior tuve la sensación de no haber abandonado nunca ese antro. Supongo que siempre es un palo regresar al trabajo, pero esta vez me resultaba aún más duro que de costumbre, sobre todo porque me negaba a admitir que una simple semana de diversión veraniega en la costa de Jersey hubiese bastado para abrir una pequeña brecha en mi ánimo. Esto no significa que deseara volver a mi anterior estilo de vida, de empleo sin porvenir como camarera del Vinnie's Diner y de salidas con el hatajo de perdedores reciclados de siempre. Sin embargo, durante la semana anterior no me había preocupado en absoluto de gustar a nadie más que a mí misma, y me deprimía saber que eso había acabado. Lo único que me ayudaba a soportar mi regreso era la certidumbre de que Joe se hallaba ahí, y cada rato que pasaba junto a él era como otras minivacaciones.

Era consciente de que, en cuanto pisara el escenario esa noche, tendría que reanudar el proceso de disociar la mente del cuerpo y consagrarme por entero a la tarea de entretener al público. En realidad no me molesta tener que vestirme con ropa sexy y exhibir mi cuerpo sobre un escenario mientras a los tíos se les cae la baba mirándome. Las normas de la casa establecen que tienen derecho a mirar tanto como quieran, pero les está prohibido tocar, lo que en cierto modo resulta una situación ideal. De esta manera únicamente mi ego sale algo salpicado, y eso no me importa demasiado, aunque algunas noches no estoy dispuesta a consentir la más mínima rozadura a mi ego. Sería bonito contar con una alternativa, pues por mucho que Joe hubiera afirmado que la elección estaba en mis manos, me temo que ignora por completo lo que cuesta sobrevivir en este planeta.

Pero no me malinterpretéis. Considero que nos pagan muy bien por exhibirnos medio desnudas en ese ambiente brumoso, de luz tenue y bien protegido, por no mencionar las propinas que suelen embutirnos en las ligas de las medias. Claro está que algunas reciben mejores propinas que otras, en función de lo buenas que estemos y de lo provocativas que resulten las fantasías que les vendemos. No me gusta alardear de nada, pero todos saben que una noche saqué lo suficiente para abonar un mes de la hipoteca y una letra del coche.

Además, si los clientes quieren una actuación «especial» han de soltar doce talegos extra. Entonces bajo del escenario (o el «escaparate» como lo llamamos las de la profesión) y ejecuto un número lento y sensual sobre su mesa para que me vean de cerca y contemplen la perfección de mi cuerpo. No todas las chicas pueden exigir tanto, pero como soy la más solicitada, Nick, el propietario, dice que eso va bien para el negocio. Además, comparte el extra conmigo.

Conseguir que los hombres se creen una fantasía es la clave de mi profesión. Aun así, siempre me asombra la cantidad de clientes que, siendo inteligentes, hombres de negocios boyantes en el mundo real, se dejan llevar por ese camino de rosas cuando empezamos a estimular su fantasía desde el escenario. Debemos dar gracias a Dios por la testosterona. Y si a eso se le suma el alcohol, el resultado es fácilmente imaginable... y rentable.

Así pues, ya estaba de vuelta, en el camerino del club, la primera noche después de las vacaciones, tratando de elegir un atuendo que consiguiera levantarme el ánimo. Incapaz de decidirme, opté por maquillarme primero bajo la insoportable luz de los focos que enmarcaban los espejos de nuestro cutre y minúsculo vestuario. Sólo un sádico podía haber concebido una iluminación como ésa, probablemente el mismo tipo que diseñó la de los probadores de la mayoría de grandes almacenes.

Así pues, examiné y corregí con el maquillaje cada pequeña irregularidad de mi rostro con la esperanza de que mi aspecto final me inspirase para una actuación creativa y seductora. De hecho, mi personaje de Heather Hurley siempre es el más aplaudido. Funciona muy bien con los tipos ricachones, conservadores de pacotilla. Debe de ser cierto eso que se dice de que la libertad absoluta de conducir a toda velocidad en una buena carretera despierta el lado salvaje e indómito que hay en ellos y que ansían dominar.

Revolví en el cajón donde guardo los complementos hasta encontrar lo que buscaba. Cogí un pendiente alargado que representa las alas plateadas del logotipo de Harley-Davidson y me lo coloqué en la oreja izquierda; en la otra llevaba una sencilla circonita cúbica. Me puse una larga peluca negra tras recogerme el cabello con un broche en forma de hoja de cuchillo plateada, cuidando de dejar que unos mechones cayeran provocativos por la nuca. Perfecto.

Regresé al armario y por fin escogí un modelito que debo reconocer resultaba atrevido. Empecé por ponerme un tanga de piel y cadenas, elementos sobre los cuales construí el conjunto. A continuación me enfundé un liguero negro de piel y encaje y unas medias con costuras. Cubrí mis sinuosas caderas con una minifalda ceñida de piel negra y me calcé un par de zapatos de tacón de aguja de diez centímetros con tiras en los tobillos unidas por unas pequeñas alas plateadas de Harley-Davidson. ¡Vaya si estaba sexy!

Examiné mi aspecto en el espejo de cuerpo entero y tuve que admitir que había recorrido un largo camino desde mis tiempos de alumna en una escuela católica. Pensar en aquellos años de represión, tanto en el colegio como en casa, me produjo escalofríos. Me crié entre el alcohol y la locura de mi familia y el terror que me producía un hatajo de monjas perturbadas, lo que, cuando menos, convirtió mi infancia en una pesadilla. ¿Es de extrañar, pues, que no tuviera grandes aspiraciones en la vida? Como máximo, llegué a ambicionar casarme y tener hijos. Lo más curioso era que cuando pensaba en cómo le había ido a mi madre, no alcanzaba a entender por qué pretendía encauzar a sus hijas hacia las mismas desgracias.

Recordé un día de mi infeliz niñez, cuando rondaba los siete años. Tras salir de la escuela entré dando brincos en casa por la puerta trasera y exclamé: «Hola, mamá, ya estoy en casa.» De inmediato me hicieron callar porque mi padre estaba durmiendo. «Durmiéndola» sería más apropiado, pero por aquel entonces ya había descubierto que no se podía llamar a las cosas por su nombre. En cambio mi hermano Danny no se mordía la lengua cuando mi padre regresaba a casa de madrugada, tambaleándose, vomitando en las paredes y despertando a toda la familia. Por lo general se limitaba a insultar, a gritar a nuestra madre, lanzándole improperios terribles que yo me guardaba mucho de repetir. En algunas ocasiones, en las peores noches, encendía todas las luces y nos sacaba de la cama para que le saludáramos puesto que él era «el rey del castillo».

Pronto aprendí que era mejor seguirle la corriente que desafiarle como a menudo hacía mi hermano mayor, Danny. Una noche contemplé horrorizada cómo mi hermano y mi padre se las tenían mientras mi madre se agazapaba en un rincón con mi hermana, chillando y suplicándoles que pararan.

Por lo que a mí respecta, nunca recibí la ira de mi padre, probablemente porque era la más pequeña, de modo que no tenía necesidad de esconderme como los demás. Y no es que no le temiera, sino que mi odio podía más que mi miedo. Por muy asustada que estuviera, nunca me permití llorar en su presencia.

Danny aseguró en cierta ocasión que quien consiente que alguien le haga llorar puede acabar convertido en su esclavo, y yo no deseaba ser la esclava del corpulento y apestoso hombre que me aterraba por las noches.

Representaba un misterio para mí que jamás se comentara nada de lo ocurrido a la mañana siguiente, durante el desayuno. Nadie se atrevía a sacar el tema. Mi madre se apresuraba a recordarnos que todos los hogares tenían sus problemas y sus secretos, y que no por eso había que hablar de ellos, y mucho menos contárselos a alguien ajeno a la familia. Afirmaba que lo mejor era hacer ver que no había sucedido nada, sobre todo cuando mi padre se levantaba resacoso e irritable al día siguiente.

Me asombraba nuestro empeño por ignorar el terror de la noche anterior; ahora comprendo que ése era el único modo de que pudiéramos soportarlo. Tal vez conseguí, como los demás, hacer caso omiso de aquellas broncas, pero nunca las olvidé y ni siquiera intenté convencerme de que no habían ocurrido.

Recuerdo que a veces me moría de sueño en la escuela después de haber pasado la noche en vela presenciando una de esas violentas escenas. Sor Mary Margaret me obligaba a permanecer de pie al fondo de la clase todo el día a fin de evitar que me durmiera y luego me mandaba a casa con una nota, que mi madre debía firmar, para informar de que yo era indisciplinada y que, como castigo, debería prohibirme mirar la tele.

Eso sucedió el año en que Danny estudiaba en el instituto y mi madre no dejaba de rellenar solicitudes para que le admitieran en la universidad. Cuando le pregunté por qué no se encargaba él de eso, contestó que si se lo pedía lo haría de cualquier manera ya que no le interesaba en absoluto.

Naturalmente, le pregunté por qué tenía Danny que matricularse si no quería, y respondió que los chicos deben ir a la universidad porque han de ocuparse de «mantener a la familia»; no lo entendí. Fuera lo que fuera, le planteé si un día yo también podría ir a la universidad, y, sonriendo, mi madre afirmó que las muchachas sólo deben preocuparse por estar guapas y casarse con un joven que haya ido a la universidad. Habría seguido conversando con ella de no haber oído a mi padre salir del dormitorio arremetiendo contra todo y quejándose porque la cena aún no estaba lista.

Sabía muy bien el jaleo que se armaría acto seguido y también conocía la manera de ahorrármelo. Así pues, corrí a mi habitación, me eché en la cama cubriéndome la cabeza con la almohada y comencé a entonar mis canciones favoritas lo más fuerte que pude para ahogar los insultos, las acusaciones y las palabras desagradables. Tal vez nunca estudiaría en la universidad, pero decidí que nunca sería la esclava, la esposa, o como se quiera llamarlo, de un hombre. Jamás en la vida.

Y ahora estaba ensimismada ante el espejo del vestidor de un local de *strip-tease*. Ya era una mujer adulta y no tenía que rendir cuentas a nadie, tal como había determinado. De acuerdo, tal vez hacer *strip-tease* no es la profesión más respetable del mundo, pero para mí representaba una considerable mejora respecto al mundo de donde vengo. Quién sabía si un día me iría mejor, pero de momento era mi propio jefe.

El curso de mis pensamientos fue interrumpido por Anthony, quien se supone actúa de presentador y que siempre entra en los camerinos sin avisar para comprobar el aspecto de las bailarinas antes de salir a escena. Permaneció en el umbral y soltó un largo silbido al verme.

—No me vengas con piropos, Anthony —espeté secamente, enfadada por su irrupción—. Ser hijo del dueño sólo te da derecho a mirar sin tener que pagar —continué, evitando su mirada devoradora y volviéndome hacia el espejo para echar una última ojeada a mi aspecto—. Di a los chicos que Heather Hurley está de nuevo en la ciudad —añadí mientras cogía una cazadora negra de piel del perchero y se la pasaba por delante de la cara.

Al cabo de unos minutos oí sonar *Leader of the Pack*, la música que anunciaba mi actuación, y a Anthony presentar mi número. Salí contoneándome al escenario e intenté divertirme examinando al público masculino tan detenidamente como ellos me observaban a mí.

Como de costumbre, la iluminación era, en el mejor de los casos, tenebrosa, y la música sonaba demasiado alta para inspirarme cualquier clase de expresión artística. Por enésima vez tendría que fingirla. Alcé un brazo para apoyar la mano en el falso techo, lo que a las bailarinas nos permite pasear de forma seductora por el «escaparate» sin perder el equilibrio. Di unos pasos por la pasarela sin enseñar nada, echando sólo unas migas para despertar la imaginación a los tíos. Carly Simon tiene razón; sólo se trata de insinuar. Observé el patetismo y la avidez en sus rostros mientras regresaba al punto de partida, donde empezaría a desnudarme lentamente, prolongando el tormento.

En el instante en que arrojaba la cazadora de piel a una mesa cercana y empezaba a desabrocharme la minifalda por un lado, reparé en una cara nueva en la sala llena de habituales. Estaba sentado solo en un rincón, ante una mesa con varios vasos vacíos, y por un instante me inspiró cierta compasión, no sé bien por qué. ¿Qué me ocurría últimamente? Quizá se debía a que parecía fuera de lugar en ese local, pues tenía un aspecto demasiado cuidado, demasiado respetable.

La compasión desapareció enseguida al verle tomar otro lingotazo, y me vino a la memoria el dolor que los hombres alcohólicos me habían causado. No, gracias. De modo que me concentré en mi actuación, ejecutando algunos de mis mejores movimientos, incluido el descarado «golpe de cadera», al tiempo que me quitaba los guantes negros de piel que me había enfundado justo antes de salir a escena. No sé si fue porque antes había rememorado todos esos recuerdos de infancia, pero el caso es que tuve la impresión de estar realizando uno de mis mejores trabajos artísticos.

Acabé mi número con más pasión de la que había sentido en años, y he de decir que mis ligas estaban tan repletas de billetes que me sentía incómoda. En cierta manera, resultaba un tanto embarazoso que mis admiradores vieran la cantidad de dinero que estaba ganando simplemente por venderles una fantasía, y consideré que debía saludar y apresurarme a esconder las ganancias en algún lugar seguro tras el escenario antes de timarles a todos con otro asalto.

Así lo hice. Sonreí, mostrando una dentadura perfectamente empastada de dos mil dólares, e hice un guiño fingiendo el grado de intimidad necesario para que cada uno de los presentes pudiera creer que iba dirigido a él. Aprendí este truco de una corista vieja y triste que vino una noche y me comentó que pasaba de los hombres y que las mujeres eran mucho más dignas de amistad y amor. Tuve que darle la razón intelectualmente, aunque sabía que en el aspecto carnal nunca dejaría de considerar a los hombres como el único sexo que me provoca cierta atracción.

Cuando acabé con las reverencias me esfumé para contar el fajo de billetes. Y eso estaba haciendo, sentada ante mi tocador, cuando Anthony dio unos golpecitos e irrumpió en mi camerino, como de costumbre, sin esperar a que lo invitara a entrar.

—Si alguna vez te preguntas por qué las mujeres no te encuentran atractivo —espeté sin levantar la vista de mi botín—, piensa que tal vez es porque tienes los modales de un orangután en celo.

—¡Has estado fenomenal, Heather! —exclamó Anthony, ignorando por completo mi insulto—. Ahí fuera hay, por lo menos, un millón de tíos esperando tu próximo número. ¡Vamos a arrasar, nena!

Oír a Anthony llamarme «nena» bastaba para hacerme vomitar la miserable cena que había tomado, pero era consciente de que necesitaba las calorías para resistir la siguiente actuación. Nunca he logrado digerir que, mientras yo realizaba todo el trabajo, Anthony y su padre, sin mover un dedo, ganaran tanto dinero como yo. ¿Cómo es posible que los hombres hayan encontrado el modo de sacar provecho de algo que sólo una mujer guapa puede ofrecer? ¡Que alguien me lo explique!

—A propósito —observó Anthony despreocupadamente—, hay un tipo que me ha pagado doce talegos por visitarte en el camerino; te aviso para que no te sorprendas cuando venga.

—Lárgate de aquí, Anthony —le gruñí—. ¿Quién te ha dado permiso para vender mi tiempo? Más vale que me entregues esos doce, ¿te enteras?

Dicho esto, aparté la silla ruidosamente al tiempo que me levantaba, empujé a Anthony fuera del camerino y con gesto teatral eché la llave de la vieja quincalla que teníamos por cerrojo. Había empezado a retocarme el maquillaje cuando oí el inconfundible y molesto ruido de los nudillos de Anthony al golpear de nuevo. Dejé escapar un profundo suspiro, me pregunté qué querría esta vez y avancé hacia la puerta en plan amenazador.

—¡Como vuelvas a interrumpirme, te arreo dos bofetadas! —exclamé enfurecida al tiempo que abría la puerta de par en par. De pronto me topé con una camiseta de color negro algo descolorido. De inmediato mi vista ascendió en busca de la cabeza, recorriendo cada detalle en el camino hacia un rostro que me era familiar y querido.

—Joe —musité con voz quebrada—, ¿qué haces aquí? —añadí, intentando recuperarme de la sorpresa.

—¿Me voy? —inquirió sonriente al advertir mi repentina timidez—. No sé por qué te avergüenza que te vea aquí —prosiguió—. Al fin y al cabo es tu trabajo.

Tenía razón, claro, pero por algún motivo me sentí muy incómoda, algo nada frecuente en mí. En fin, por supuesto que no me avergüenzo de mi profesión, pero habría preferido que Joe no me viera en esas circunstancias. En cierto modo, me sentía casi como una pecadora vestida de aquella manera.

—¿Sabes?, tenemos que hablar en serio sobre el tema del pecado —afirmó con tono tranquilizador—. No me culpes por todo ese rollo que alguien escribió en el catecismo —aclaró tras una risita divertida.

Su risa tenía una cadencia musical que me recordó las notas más profundas del xilófono de mi infancia. Por extraño que parezca, la música machacona de la orquesta y el estrépito de los platos en la cocina quedaron apagados por el sonido melódico y apacible de su risa. Todo pareció discurrir a cámara lenta cuando contemplé la sonrisa en sus labios y sus risueños ojos; por un momento quedé prendada de su encanto. Esos ojos castaños me envolvían en una dulce calidez, como el Sol en un atardecer estival, y una vez más fundían la helada tundra de mi corazón.

—Me gusta que disfrutes de tu sensualidad, Heather —reconoció con franqueza—. No debe inquietarte que yo te vea exhibirla.

—¿No? —pregunté un tanto sorprendida.

—Claro que no —concedió sonriendo—. Te la di para que la disfrutaras. Es mi regalo.

Supuse que habría un «pero», y no me equivocaba.

—Pero tu sensualidad —prosiguió— es sólo uno de los dones de que dispones. Me gustaría que también desarrollaras los otros. Estoy seguro de que te harán disfrutar.

—Debo reconocer que tengo bastantes habilidades —admití—, pero ésta es la mejor pagada.

—No sospechas las grandes cosas que puedes hacer —afirmó sonriendo de nuevo—. ¿Qué te parece si salimos un rato? Podemos dar una vuelta, si te apetece —propuso, cambiando repentinamente de tema—. He venido en la Harley, y creo que ya estás preparada para subir a ella —agregó, refiriéndose a mi traje de chica Harley.

—Sí, claro —respondí, saliendo de mi arrobamiento—. Es una buena idea. Espera un momento a que me refresque y avise a Anthony que no volveré para la siguiente actuación. —Aún intentaba recomponerme frente al sobrenatural encanto de Joe, y el mejor método que conocía para regresar al presente consistía en concentrarme en los detalles—. Además, él y su padre ya han ganado una fortuna gracias a mí esta noche —añadí.

En sus labios se dibujó una sonrisa misteriosa cuyo significado no acerté a entender.

—Nos vemos en el aparcamiento —dijo girando sobre sus talones para desaparecer por la puerta.

Seis

A la mañana siguiente dormí hasta tarde. Soñé que una etérea y misteriosa presencia me acariciaba el rostro con dulzura. Cuando empezaba a despertarme, demasiado despabilada ya para tratar de regresar a ese agradable estado de ensueño, abrí los ojos y descubrí que la suave brisa de la mañana hacía ondear las cortinas blancas sobre mi rostro. Sonreí y me desperecé voluptuosamente contra las almohadas, recordando la noche anterior.

Joe me había esperado fuera del club mientras yo informaba a Anthony de que esa noche no ofrecería un segundo número. Le había cerrado la puerta del camerino en las narices y la había bloqueado con una cómoda, me había cambiado de ropa, enfundándome unos tejanos y un jersey fresco, mientras Anthony permanecía en el pasillo amenazando con despedirme.

Al bajar presurosa por las escaleras para encontrarme con Joe, que me aguardaba con su Harley, experimenté de nuevo esa extraña sensación de estar flotando. Tras subir a la moto, juntos nos difuminamos en el anonimato de la noche, a toda velocidad y como si fuéramos un solo ser. Ignoraba adónde nos dirigíamos, y tampoco me importaba. Sólo sabía que me sentía libre y que, al menos así lo pensaba entonces, estaba decidida a disfrutar de más momentos como ése.

Bostezando, me volví de lado en la cama al tiempo que revivía el maravilloso paseo que habíamos dado a lo largo de la autopista de la costa del Pacífico y por los caminos poco transitados de los desfiladeros del interior. La Luna se hallaba en mi fase favorita, la que yo denomino «Luna de uña», cuando únicamente muestra una fina porción plateada que ilumina un retazo de la vasta oscuridad de la noche. Tenía la impresión de que, en cierta manera, la presencia de Joe en mi vida surtía el mismo efecto: alumbraba un pequeño retazo de esperanza en mi corazón.

Apenas si habíamos mediado palabra, pero no cabía duda de que nos habíamos comunicado en silencio. Nunca antes había experimentado algo así, y me sentía conmovida por la paz interior que me invadía. Debimos de recorrer todas las playas de Los Ángeles hasta adentrarnos en el desierto por Riverside. Las montañas, el desierto y el cielo sembrado de estrellas formaban un paisaje grandioso. Intuí que Joe permanecía callado para que percibiera las maravillas que nos han concedido y en las que normalmente no reparamos.

Me dejó ante la puerta de mi casa poco antes de medianoche. Mientras me recordaba que habíamos acordado ir a la playa al día siguiente, depositó un beso en su dedo y lo colocó con suma delicadeza sobre mis labios. Antes de que yo hubiera traspasado el umbral de la puerta, ya se había alejado.

Eché un vistazo al despertador y me sobresalté al observar que ya eran las once de la mañana. Me levanté de un brinco de la cama y me dirigí hacia la ducha, maldiciendo mi excesiva somnolencia a causa de la diferencia horaria. Debía apresurarme si quería tomar una taza de café antes de que Joe me recogiera a las doce.

El rugido inconfundible de la Harley penetró por la ventana de la cocina cuando daban las doce.

—¿Siempre eres tan puntual? —exclamé asomándome. Él se limitó a reír y a dar más gas a la moto para apremiarme.

Metí dos toallas de playa en mi capazo y crucé la puerta. Subí detrás de él, cogí el casco que me pasó y me lo ajusté, aunque no entendía por qué debía llevarlo estando Joe al mando de todo.

—Da buen ejemplo —dijo volviéndose hacia mí.

Le dediqué una sonrisa y até mi capazo en la barra del asiento.

—¿Tienes hambre? —vociferó por encima del estruendo de la moto.

—¡Estoy desmayada! —respondí a voz en cuello.

—Bien. Conozco un sitio estupendo para comer; luego iremos a la playa. Supongo que llevas puesto el bañador —bramó—. ¡El agua está divina!

—Bueno, báñate tú, si quieres —repuse—. Yo no estoy dispuesta a congelarme en ese charco de agua fría.

—Ya veremos —se limitó a replicar, apretando el embrague. Nuestras cabezas se inclinaron hacia atrás con el cambio de marcha y nos sumergimos a toda velocidad en el radiante día estival.

Hicimos un alto en uno de mis restaurantes favoritos, situado cerca de Marina del Rey, y almorzamos en el patio, bromeando y riendo a ratos, o enfrascados en conversaciones profundas. Finalmente nos dirigimos hacia la playa, donde llegamos a tiempo de ver las barcas de pesca regresar con las capturas del día. Paseamos largo rato por la arena, contemplando las embarcaciones que volvían, parándonos en ocasiones a charlar con los pescadores, que nos mostraron las piezas que habían conseguido. ¿Quién iba a pensar que los pescadores eran tan afables? Todos parecían sentirse muy a gusto con Joe, a pesar de que era un completo desconocido para ellos.

Caía la tarde cuando extendí las toallas sobre la arena para sentarnos en ellas. La playa estaba casi vacía, sólo quedaban unas pocas personas entusiastas del bronceado que intentaban absorber hasta el último rayo ultravioleta antes de que el Sol se ocultara en el horizonte.

Permanecimos unos minutos callados, observando el vuelo de las gaviotas y el movimiento de las olas. El Sol comenzaba a adquirir ese brillo anaranjado de la caída del día, sumiendo el lugar en un resplandor mágico. Me invadió un agradable sentimiento de satisfacción.

—Me alegra verte tan relajada —afirmó Joe, dándome una palmada en la rodilla.

—Y a mí me alegra observar que eres la clase de tío que puede limitarse a estar sentado en la playa —repliqué ásperamente—, sin sentir la necesidad de correr tras una pelota de fútbol o lanzar un disco.

El comentario le produjo risa, una risa tierna y abierta que sonaba mejor que cualquier música que haya escuchado. Era incapaz de apartar la vista de Joe, cuyas gafas oscuras reflejaban mi rostro contemplándole. Dios mío, era tan hermoso y perfecto.

—No creas, también tengo defectos —me advirtió, leyéndome una vez más el pensamiento.

—¿Qué defectos? Muéstrame siquiera uno —le desafié con vehemencia.

Me miró divertido, y de pronto su voz adquirió un tono sombrío.

—No pensaste lo mismo la primera vez que me viste —recordó con cierto retintín—. Si no me falla la memoria, pensaste que necesitaba un poco de ejercicio y moldear mi cuerpo para convertirlo en una obra de arte.

—Entonces no te conocía realmente —protesté, aunque de hecho tenía toda la razón. ¿Cómo podía haber sido tan cegata, tan superficial?

Alzó la vista hacia el horizonte o incluso más allá. Advertí que la marea comenzaba a subir y que nos hallábamos demasiado cerca de la orilla, y él aún no había hecho ademán de quitarse sus omnipresentes zapatillas de deporte o arremangarse los tejanos.

—Creí entender que querías bañarte —dije, pensando que sería una pena que se le mojaran las caras Nike. No habló, pero en sus labios se dibujó una leve sonrisa.

El agua del océano lamió sus pies. Me pareció lógico; si yo fuera ola también lo haría. Ese hombre no sólo resultaba atractivo y encantador, sino que además era mucho más complejo que cualquiera de los individuos que hasta entonces había conocido. Y eso que creía conocer a los hombres, sobre todo por mi trabajo. Joe era, ¿cómo definirlo?, «especial».

—Oye, Heather, debo decirte algo —me previno, volviendo hacia mí su curtido rostro, que el Sol bañaba con su suave luz anaranjada.

—No, por favor, no me digas que eres gay —repuse, suspirando con los ojos cerrados al tiempo que me rodeaba con los brazos.

Lo oí reír, y no podría describir el alivio que sentí. Bueno, ya sé que Dios no debería inspirarme deseos carnales, pero me temo que todavía no he evolucionado lo suficiente. Además, sospecho que concebía esas fantasías sexuales precisamente porque sabía que me hallaba a salvo. Era consciente de que Joe nunca permitiría que nada de eso sucediera entre nosotros, y ahí residía parte del encanto, supongo. Joe era el único hombre con quien había pasado tanto tiempo sin que hubiera intentado ponerme las manos encima. Siempre ocurre lo mismo: anhelamos lo que sabemos que no podemos conseguir. No falla.

De pronto tuve una revelación crucial: en realidad nada de eso importaba. Joe era más hombre que ninguno de los tipos que había conocido, fuera gay, normal, bisexual, o aunque alguien hubiera hecho de él un hombracho a lo John Wayne. No me importaba. Joe representaba la esencia masculina, y me gustaba como era; con eso me bastaba.

Joe se incorporó y se quitó la camiseta de esa manera tan viril, cruzando los brazos por detrás de la cabeza y tirando de la tela con un movimiento suave. La arrojó sobre la arena y permaneció sentado. Como supuse que no se bañaría con los tejanos y las zapatillas puestos, esperé a que se los quitara, pero parecía sentirse intimidado.

—¿Qué, Joe? —murmuré—. ¿Qué tenías que decirme?

—Me temo que te impresionará —anunció mirándome a los ojos.

—¡Venga, pues! —le urgí—. El suspense me está matando.

Se produjo un largo silencio. Decidí no insistir más. Si de verdad quería compartir su secreto conmigo, no tendría más remedio que coger al toro por los cuernos, pues yo no estaba dispuesta a sonsacarle. En su lugar, desvié la vista hacia la última barca que regresaba a la playa, seguida de una ruidosa estela de gaviotas que graznaban y luchaban entre sí, anunciando la llegada.

—Perdí una pierna en un accidente de barco hace diez años —confesó apesadumbrado.

La revelación despertó mi interés.

—No quería decírtelo así, de sopetón —añadió, con la mirada clavada en el sol, ahora vestido de lentejuelas doradas—. Siempre que lo explico, la gente se compadece de mí. Y a partir de ese momento, cada vez que me ven piensan en mi desgracia.

—Pero tú eres Dios —repuse—, puedes arreglarlo.

—Incumpliría las reglas —se limitó a decir, y comprendí que no quería hablar más de ello.

No pronuncié palabra porque tenía la vista clavada en sus largas piernas extendidas en la arena húmeda. Eso explicaba por qué no se había quitado las zapatillas de deporte a pesar de lo cerca que nos hallábamos del agua. Me quedé de piedra.

No acostumbro a sonrojarme fácilmente, pero tal vez por primera vez en mi vida me sentí un poco avergonzada. Lo miré con timidez a los ojos y me senté más cerca, a su izquierda. Posé la mano sobre su rodilla y palpé una superficie dura bajo la pernera del pantalón.

No quería dejar de sostenerle la mirada, pero tampoco estaba dispuesta a quedarme quieta como una lela. Recorrí la pierna hasta el pie, desaté el cordón blanco y, sin apartar la vista de sus ojos, le quité con delicadeza la zapatilla y el suave calcetín de lana. Sólo entonces desvié la mirada hacia lo que ahora era su pie.

Se trataba de una pieza de plástico de color carne que no resultaba ni grotesca ni repulsiva.

—Quiero verla entera —anuncié armándome de un valor repentino—. ¿Llevas puesto el bañador, verdad? —pregunté—. Pues ¿a qué esperas? ¡Vamos a bañarnos!

En sus ojos centelleó una chispa de duda que enseguida desapareció. De inmediato se quitó los tejanos mientras yo me desprendía de los pantalones cortos y la camiseta. Nos quedamos sentados, yo con el bañador verde botella y él con unas bermudas de color aguamarina. No pude evitar posar la vista en la prótesis que empezaba en la rodilla y a duras penas imitaba la calidez y la vida de un miembro.

Apoyé la mano en el plástico frío e inerte y me sorprendí cuando acto seguido le pedí en un susurro:

—Quítatela.

Me miró de hito en hito.

—¿De verdad quieres?

—Hazlo —ordené con un tono semejante al que emplean los hombres que contemplan mi número en el club.

—Heather, ¿estás segura de que quieres verlo? No me gustaría causarte asco.

—Forma parte de ti —afirmé con vehemencia—. Quiero conocerlo todo de ti.

—Verlo no resulta agradable, te lo advierto.

Desplazó con lentitud la mano hacia el borde del aparato sin apartar la vista de mi rostro, atento al más ligero asomo de repulsión. Estaba segura de que si llegaba a detectarlo, se detendría en el acto. Con un movimiento rápido tiró de la prótesis y la depositó a su lado en la arena, dejando al descubierto una rodilla de apariencia normal seguida de una espinilla rematada por un muñón suave y blando de forma cónica que encajaba perfectamente en la pierna artificial que acababa de quitarse. No había nada de repulsivo en ello. Formaba parte de Joe, y yo le amaba. No era muy distinto de mirar mi propio codo cuando lo mantengo doblado con la mano apoyada en el hombro.

Las gaviotas chillaban mientras volaban en círculo por encima de nosotros. El Sol se hundió rápidamente en el horizonte, y el cielo vespertino se tiñó de un rosado tenue. En silencio examiné la antigua herida de Joe, emocionada por el hecho de que hubiera accedido a mostrarme su punto vulnerable. No recordaba que ningún hombre me hubiera revelado jamás lo que en su día le había hecho sufrir.

Observé unas líneas longitudinales que sobresalían en su piel y recorrían la circunferencia de la amputación.

—Son las cicatrices de las operaciones a que me sometieron para conseguir que la prótesis encajara mejor. Los cirujanos las llaman «ajustes de muñón».

Me horrorizó la frialdad del término.

—Con todos los tecnicismos que gustan de usar los científicos, cabría esperar que hubieran encontrado una expresión mejor que «ajustes de muñón» para designar eso —observé—, algo menos arcaico, ya me entiendes.

—¿Como qué? —Se echó a reír.

—No lo sé —reconocí pensativa—, pero tiene que haber un modo más poético de describirlo.

—Sí, claro, la próxima vez que acudas a un cirujano que se dedique además a escribir poesía, no dudes en informarme —bromeó y de nuevo prorrumpió en carcajadas.

Me complació que riera de ello, y sólo deseaba reconfortarle, estrecharle entre mis brazos y decirle lo mucho que lo sentía. ¿Cómo era posible que una persona tan inflexible y superficial como yo hubiera experimentado un cambio de personalidad tan radical? Quiero decir que siempre me he mantenido firme en mi decisión de no aceptar hombres que no alcanzaran la perfección física ni sentir compasión por ninguno de ellos. Y ahí estaba yo, enamorada de un cojo. Pero ¿qué estaba ocurriendo?

Al ver que Joe empezaba a colocarse la prótesis, me apresuré a apartarle la mano.

—No, todavía no —dije.

No sé muy bien qué me sucedió, pero un sentimiento desconocido para mí emergió de las profundidades de mi corazón, y cogí el muñón entre las manos para observar detenidamente las viejas cicatrices. No experimentaba compasión o pena, sino un sentimiento de identificación con el dolor que había soportado y de reconocimiento por la valentía que había mostrado al permitirme entrar en su intimidad de esa manera.

Me llevé dos dedos a los labios, deposité en ellos un tierno beso y los posé en el extremo del muñón. Joe emitió un sonido que parecía proceder de lo más profundo del alma y que yo no supe interpretar.

Cuando alcé la vista, sus ojos centelleaban con lágrimas, y me conmovió que el mismísimo Dios se hubiera emocionado por un gesto tan simple.

—Tu gesto no ha sido simple en absoluto —musitó turbado—. El amor que has demostrado es el que siempre he predicado. Sólo un amor como éste salvará al mundo.

No supe qué decir. Me resultaba increíble que Dios aprobara todos mis actos y, por expresarlo llanamente, no sabía cómo tomármelo.

—¿Por qué no nos damos un baño? —sugerí, totalmente desconcertada.

Joe me miró con afecto y volvió a colocarse la prótesis.

—Necesito que, una vez en el agua, me ayudes y la envuelvas en la toalla, ¿de acuerdo? —Y meneando la cabeza agregó—: Nunca me baño con esto puesto.

—Como quieras —exclamé antes de echar a correr para sumergirme en el salitre iridiscente del océano.

Joe permaneció unos instantes en la orilla contemplándome mientras las olas me arrastraban hasta sus pies. Hacía años que no me bañaba en el océano y había olvidado lo agradable que resultaba.

Me incorporé y salvé los escasos metros que me separaban de las toallas en el momento en que una señora de mediana edad pasaba por delante de Joe y le sonreía.

—¡Tírala aquí! —urgí sin pensarlo.

Una expresión traviesa surgió en el rostro de Joe, que, agachándose, se quitó la pierna artificial y la lanzó por delante de la sorprendida señora. Conseguí cogerla al vuelo con firmeza y la envolví respetuosamente en la toalla, que a continuación deposité al borde del agua.

Joe me esperaba haciendo equilibrio sobre una pierna. Aunque supongo que habría podido adentrarse en el océano sin mi ayuda, me alegré de que me hubiera esperado.

Caminé hacia él y pronuncié estas palabras, quizá por primera vez en la vida:

—Yo te ayudo, apóyate en mí.

Siete

Si bien Joe y yo no habíamos estado fuera hasta muy tarde la noche anterior, al día siguiente llamé al club para informar de que me encontraba enferma. Ya no me sentía con ánimos de volver a ese antro, o al menos, no ese día.

Joe y yo habíamos planeado comer en el campo, y cuando él me había preguntado a qué hora debía regresar para acudir al trabajo, había contestado que no pensaba ir. No me había preguntado la razón ni cómo pensaba pagar las facturas; se había limitado a hacer un gesto, sonriendo de esa manera suya tan encantadora, y había anunciado:

—Te recogeré a las doce.

Puntual como siempre, a las doce Joe me esperaba ante la puerta, subido a la Harley. Me pasó un casco, cogió la cesta que yo llevaba con la comida y la ató en la parte posterior de la moto. Arrancó con un rugido atronador, y por un momento se me ocurrió la idea de que me había muerto y que me hallaba en el paraíso. Por lo visto la compañía de Joe me producía ese efecto.

Circulamos por la costa hasta un pequeño desfiladero boscoso situado en las montañas de Santa Mónica. No sé si el día era tan perfecto como me parecía; tal vez todo adquiría siempre un aire especial cuando estaba con Joe. El caso es que el Sol nos envolvía con una suave calidez y el cielo aparecía tan claro y despejado que casi deseaba sentirme engullida en él.

Encontramos un pequeño claro en el bosque y extendimos una manta sobre la hierba tierna, charlando y bromeando. A continuación procedimos a dar cuenta de las provisiones que había preparado en la cesta. Hablamos de toda clase de cosas, cosas en que rara vez me había parado a pensar. Sin embargo, cuando abordamos el tema de por qué Joe había entrado en mi vida, empecé a ponerme nerviosa.

—No tienes por qué inquietarte —observó—, pues estoy aquí para ayudarte. Es decir, para enseñarte los principios que debes seguir para sentirte feliz y satisfecha.

—No me preocupa eso —farfullé con la boca llena de ensalada.

—Ah, ¿no? Entonces ¿qué te pone nerviosa?

—Pensar que un día me dejarás para dedicarte a otra persona, como me comentaste que harías. —Noté que me temblaba la voz, y me esforcé por reprimir el llanto. No podía creer que el pensamiento de que un hombre me abandonara podía, todavía, hacerme llorar. Cualquiera habría supuesto que a esas alturas ya debería estar acostumbrada.

—¡Vaya, conque es eso! —exclamó Joe, masticando una patata—. Bien, hay mucha gente en este mundo que necesita de mi ayuda. Además, no os abandono. Simplemente me mantengo en un segundo plano y os guío desde otra dimensión. Eso es todo. No debes preocuparte.

Entendí su explicación, pero el caso es que yo vivo en «esta» dimensión, y no estaba segura de poder arreglármelas sin tener a Joe cerca. Me sentía tan bien a su lado... La vida es muy dura, y le necesitaba para que me recordara las lecciones y me guiara por el camino apropiado.

—Cuando me separe de ti —me aseguró convencido—, serás capaz de apañártelas por ti misma con lo que te haya enseñado.

—Pero es que me es imposible olvidar ciertas cosas, Joe —musité, y mi voz surgió atenazada por una profunda angustia que me desconcertó y me hizo sentir incómoda.

—¿Qué cosas? —inquirió paciente, con el tono que un maestro comprensivo emplearía con un niño asustado.

—El pasado, mi infancia —contesté cabizbaja, dominada por una timidez inusual en mí—. En fin, ya sé que todo eso sucedió hace mucho tiempo y, por muy horrible que fuera, forma parte del pasado. Ya sé que debería hacer borrón y cuenta nueva, pero a veces me resulta imposible.

—No siempre es fácil olvidar, Heather. —Su voz reflejaba ternura y afecto, y mi corazón devoró las palabras como si fueran deliciosos pastelitos rellenos de suave crema. En lugar de aconsejarme que fuera fuerte y siguiera adelante a pesar del dolor, como habría supuesto que haría, se ponía en mi lugar, y eso me confortaba.

Noté con asombro que una lágrima resbalaba por mi cara y caía en el suelo. No podía creer que estuviera llorando. Nunca lo hago. La única emoción que siempre me había costado controlar era la risa. Pero ¿las lágrimas? ¡Si nunca habían sido un problema para mí!

—Tal vez hayan sido un problema mayor de lo que crees —me susurró Joe al oído—; las lágrimas son tan legítimas como la risa, Heather. Has de aceptarlas, pues te estás perdiendo una parte de ti. —Se interrumpió y, mirándose la pierna izquierda, añadió—: Y yo sé qué representa perder una parte de uno mismo.

Dirigí la vista hacia su pierna artificial, oculta bajo los tejanos y su inseparable Nike.

—¿Qué? —pregunté de pronto, intrigada—. ¿Cómo se siente uno sin una pierna? ¿Se echa en falta, o acaba uno por acostumbrarse a su ausencia?

—Uno termina por acostumbrarse a todo —respondió volviendo la vista hacia mí con una sonrisa de complicidad—, incluso a una infancia traumática.

—Sí; supongo que así es —concedí apoyando la barbilla en la mano.

—Por supuesto que se siente el dolor de una amputación, y no creas que siempre desaparece —añadió—. Sencillamente, al final se consigue sobrellevarlo.

—¿Significa eso que todavía sientes dolor físico por la amputación? —pregunté, incapaz de creer que se pudiera soportar semejante sufrimiento tantos años después del trauma inicial.

Con sus largos dedos me cogió del mentón y orientó mi cara como si fuera una antena de televisión para que recibiera la sabiduría que emanaba de sus ojos.

—¿Acaso no acabas de reconocer que aún te lastima tu infancia —inquirió—, aunque ya forma parte del pasado?

De acuerdo. Ya estábamos otra vez. Joe acababa de darme otra lección, y me había pillado desprevenida.

—Sí, claro, pero no es comparable al dolor físico que se siente cuando te cortan una pierna, ¿no te parece? —objeté, considerando que sólo tenía parte de razón.

No contestó, y me dio la impresión de que un silencio sobrecogedor invadía el bosque. De pronto cesó el trinar de los pájaros y el chasquido que producían las ardillas al saltar a las ramas de los árboles; ni siquiera se oía el molesto zumbido de las moscas. Alguien me comentó una vez que el primer signo de la llegada de un terremoto es la inmovilidad de los pequeños animales del bosque y los pájaros. Éstos son, en teoría, los primeros en percibir las incipientes sacudidas de la Tierra, y de pronto me sorprendí examinando la zona en busca de un lugar donde protegerme de la caída de los árboles.

—Los médicos lo llaman «dolor fantasma» —prosiguió Joe en voz baja, libre de preocupaciones menores, como un posible terremoto, y ajeno al pánico que me crispaba el rostro—. Les ha costado mucho llegar a comprender cómo algo que ya no está puede seguir causando dolor, pero tú y yo lo sabemos de sobra. Lo que ha sido irremediablemente amputado, ya sea un brazo, una pierna... o la infancia, deja siempre un rastro de sufrimiento.

«Dolor fantasma.» Qué fenómeno más curioso. Ya había oído hablar de ello, pero nunca se me había ocurrido relacionarlo con mi pasado.

—¿Lo comprendes ahora, Heather? —continuó con su razonamiento—. Es lógico que des rienda suelta a esas lágrimas que durante años has reprimido. Tu sufrimiento es tan real como el que a mí me produce la pierna amputada; llega a ser tan real que en ocasiones tengo la sensación de que se me retuerce la pierna izquierda y que sólo si me la colocaran bien remitiría el dolor. Por descontado, soy consciente de que ya no la tengo, pero no intentes convencer de ello a determinadas zonas de mi cerebro, porque esa pierna siempre será una parte de mí.

Estaba fascinada por sus palabras y el paralelismo que había establecido entre su situación y la mía. La certeza de que mi incapacidad para olvidar mi infancia no se debía a la locura o a un gusto morboso por recrear aquel período me produjo un gran alivio. Bien, ¿y ahora qué? ¿Significaba eso que nadie puede recuperarse de los traumas? Desde luego, no me complacía la perspectiva de ser una eterna víctima de mi infancia.

Una leve palmada de Joe en el hombro me sacó de mis pensamientos, y cuando nuestras miradas se cruzaron me pareció que sus ojos me lanzaban dardos de amor. Y sin duda daban en el blanco.

—Ámate tal como eres, Heather —dijo con una sonrisa—. Ama todo cuanto forma parte de ti. Ninguna desgracia podrá herirte si descifras la lección que encierra en ella. Recuérdalo.

—La lección —repetí con parsimonia mientras intentaba grabar esa información en mi mente. Deseaba estar segura de que había entendido todas sus enseñanzas—. Entonces, ¿cómo llevas tú lo de la pérdida de la pierna? —le apremié—. ¿Vale la lección el precio que has pagado por ella?

—Sí —asintió, golpeando el plástico hueco que había sustituido a su pierna—. La lección fue que, en el fondo, nuestros cuerpos no son nada más que un recipiente para contener lo que realmente somos.

Estaba impresionada. Y avergonzada. De nuevo me había hecho entender la frivolidad de mi constante aspiración por tener un cuerpo perfecto y mi estupidez al exigir tanto de los hombres que habían pasado por mi vida. Por eso no era de extrañar que nunca hubiera encontrado relaciones significativas.

—Y en cuanto a mí, ¿qué? —pregunté sincerándome—. ¿Qué finalidad tuvo que me criara en una familia de alcohólicos perturbados? ¿Cuál es la lección?

—¿Quieres hacerme creer que todavía no lo has adivinado? —inquirió a su vez con un destello de malicia en sus tiernos ojos pardos—. ¿Qué pasa? ¿Tengo que dártelo todo mascado?

No reí la broma. Aquello me parecía demasiado importante.

—Venga —le urgí, fingiendo que hacía pucheros—, dímelo.

—De acuerdo —concedió sonriendo—. De momento te has portado muy bien. Supongo que te has ganado una propinita. —Miró en derredor a las hojas que crujían con la brisa del fin del verano y a la colonia de hormigas que escalaban por el tronco del árbol sobre el que estábamos sentados—. No vuelvas a angustiarte pensando que va a haber un terremoto. —Mientras hablaba, cada ser vivo sobre el que posaba su mirada parecía quedar inmóvil en el acto, incluso la brisa y el murmullo del agua del riachuelo cercano. Observé detenidamente el paisaje sumido en el silencio, incapaz de articular palabra, y por fin miré a Joe, quien se encogió de hombros y susurró—: Te ayudará a concentrarte. Ésta es una lección muy importante para ti, Heather, y no quiero que te distraigas. ¿Estás preparada?

Me sentía más que preparada, de modo que cerré los ojos e intenté concentrarme para estar lo más receptiva posible a lo que se disponía a enseñarme. Ansiaba comprender qué significado podían poseer mi sufrimiento durante la infancia y mi falta de autoestima. ¿Qué finalidad tenían?

—Abre los ojos —ordenó con suavidad—. Quiero ver en tu interior y hablar directamente a tu corazón.

Obedecí, y de repente Joe concentró toda la energía en sus ojos, para luego verterla sabia y dulcemente en los míos, como un pájaro coloca con destreza un gusano recién cogido en la boca ávida y abierta de su polluelo.

—La historia no es irreversible —explicó mientras sus ojos me mantenían cautiva—. No importa cuál es tu origen —prosiguió—, pues siempre puedes cambiar los senderos y encontrar la luz en tu vida.

Parpadeé repetidas veces, tragué el nudo de lágrimas que me atenazaba la garganta y amenazaba con desbordarse en un río sin fin, derramando todo el sosiego que me invadía por el suelo del bosque.

—¿Significa eso que no acabaré mis días desvistiéndome en un local de *strip-tease*? —pregunté a punto de romper a llorar, sorprendida de que al fin admitiera ante mí misma..., y ante Joe, lo mucho que odiaba mi trabajo.

Los ojos de Joe se tornaron vidriosos mientras me mantenía como hechizada con el poderoso magnetismo de su mirada. Entonces advertí que no había límites en la profundidad de esos ojos castaños que me engullían, sino sólo un espacio infinito en todo lo que él decía o pensaba. Alzó la mano con parsimonia y puso dos dedos sobre mis labios, acallando mi voz y mi mente a un tiempo.

—Chist. ¿Oyes algo? —preguntó en un susurro.

No oía nada, y me apresuré a decírselo. No deseaba que nada interrumpiera ese momento de comunicación interior tan íntimo, y quién sabe si crucial en mi vida, que mantenía con Joe.

Fue entonces cuando yo también lo oí. El sonido era inconfundible. En algún lugar no muy distante había un bebé llorando.

Pero, no era posible, ¿qué hacía un bebé allí, en medio de la nada? ¿En medio del bosque? ¿Dónde estaban sus padres? ¿Y qué clase de padres llevarían a un niño de tan corta edad a un entorno infestado de insectos como ése?

Dondequiera que estuviese la criatura, sus lamentos empezaban a ser más insistentes. Interrogué a Joe con la mirada en lugar de, por una vez, hacerlo con la boca.

—Hay que encontrarle —dijo Joe con calma—. Los gritos parecen proceder de allí —añadió, señalando por detrás de mí.

Nos levantamos a la vez, y de súbito me percaté de que no me sentía enojada. Después de todo no era más que un niño inocente el que nos había interrumpido. ¿Cómo habría podido molestarme la intrusión de un niño desvalido y necesitado?

Una especie de radar misterioso se puso en funcionamiento en mi interior y adiviné dónde se encontraba el bebé aun antes que Joe. Así pues, me dispuse a dirigir la marcha, a sabiendas de que seguramente más tarde me preguntaría cómo había adivinado algo antes que Joe; en todo caso, carecía de importancia en ese momento. Los lamentos del niño reflejaban desesperación, y encontrar a esa criatura frágil y desamparada en este entorno cruel era prioritario. Ya habría tiempo más tarde para que me enseñara cómo conocerse a uno mismo.

Seguí el sonido de los sollozos y aparté una gran rama verde y espinosa que me impedía el paso. La rama rebelde me arañó la cara interior del brazo, dejándome una raya larga y roja, y por primera vez en la vida no me preocupé por mi aspecto o por el daño que había sufrido mi sumamente cuidada piel de alabastro.

Como una mujer enloquecida, aparté otra rama de espino, y otra y otra hasta que al fin me detuve ante un recién nacido envuelto en una manta rosa que yacía en un lecho de juncos secos y tiernas hojas verdes. No era necesario que el color de la esponjosa manta me indicara que se trataba de una niña. Enseguida lo intuí, pues el candor y la inconfundible femineidad que emanaban de ella no podían pasar inadvertidos.

Al instante sentí un afecto irreprimible por ese minúsculo sorbo de vida. Tomándola del suelo entre mis brazos, la estreché contra mi pecho como si hubiera estado buscándola desde hacía largo tiempo. Algo me decía que, más que otra cosa en el mundo, era a mí a quien necesitaba; ninguna otra persona sino a mí. Una parte de mi ser se extrañaba de la compenetración instantánea y el amor que me inspiraba la pequeña, pero otra parte no se mostraba en absoluto sorprendida.

En cuanto la cogí en brazos dejó de llorar, como si se hubiera dado cuenta de que había encontrado su lugar. La arrullé cariñosamente y mis brazos parecieron descubrir su razón de ser. Cerré los ojos y aspiré su aroma dulce e inocente. He de reconocer que en aquel instante todo lo demás carecía de importancia.

Incluso las pequeñas perlas de sudor que brillaban en su fina frente desprendían un olor dulçe y perfecto. Recordé todas las esencias artificiales que durante un tiempo había usado, las velas perfumadas, los ambientadores y las flores secas, y en ese instante me percaté de que, en resumidas cuentas, ésa era una fragancia que nunca podría ser imitada. Era algo real, bello y único. Por fortuna, lo auténtico es irreproducible.

—Cógela fuerte —oía a Joe hablar desde algún lugar cercano—, cógela fuerte, Heather, y nunca permitas que te abandone.

Cerré los ojos de nuevo e hice lo que me decía. Besé la suave e inocente piel de la pequeña cabecita aterciopelada, y tuve la certeza de que nadie antes que yo había sentido el éxtasis que experimenté.

—¿Quién eres? —susurré a su pequeña oreja bien formada—. ¿Quién ha podido dejarte sola aquí?

—¿No lo adivinas? —interrogó Joe en un susurro a mi espalda.

Me volví hacia él, con los ojos rebosantes de preguntas sin respuesta.

—¿Quién? —inquirí indignada—. ¿Quién se atrevería a abandonar a un ser tan pequeño y débil?

En lugar de responder, tendió una mano para acariciar el terciopelo rubio de la suave cabecita de melocotón al tiempo que la niña gorjeaba de contento.

—Joe, dímelo —insistí yo—. Tú debes saberlo. ¿Quién es ella?

De nuevo mi pregunta sólo obtuvo un silencio magistral por respuesta.

Contemplé el minúsculo y tibio bulto que mecía entre mis brazos, y de pronto me invadió una sensación de familiaridad, de que existía un vínculo muy lejano entre nosotras.

—¡Oh, Dios! —acerté a mascullar.

—Exacto, Heather —dijo Joe—. Eres tú.

Lo comprendí. De alguna manera, lo había comprendido aun antes de que me lo revelara. La reconocí. Era tierna y vulnerable, y por el motivo que fuera ya habían sucedido cosas terribles en su corta existencia. Nadie la había protegido. Nadie había cuidado de ella ni la había educado. No la habían tratado como la criatura necesitada de afecto que era.

Era consciente de la presencia de Joe, aunque, en cierto sentido tenía la impresión de que en ese momento no había nadie más en el mundo que esa niña indefensa y yo. Y nosotras éramos un solo ser.

Observé detenidamente sus rasgos, recorrí su cuerpo con la vista y me maravillé de la tersura de su piel, su diminuto cuerpo sin defectos, la virginidad de su mente pura que no conocía la timidez. Recordé que siempre me habían resultado feos los bebés, sin dientes y sin cabello. En absoluto, son perfectos. Reclaman nuestra atención mostrando única y exclusivamente lo que son. A diferencia de la mayoría de adultos, carecen de pretensiones y no se esfuerzan por aparentar, impresionar o competir.

Sus descoordinados deditos se enredaron en un mechón de mi cabello y su pequeña boca rosada se entreabrió. Por un instante, que se me antojó demasiado breve, me ofreció una de esas sonrisas trémulas y mágicas que esbozan los bebés. Nunca he sentido una alegría más pura que la que entonces me invadió.

Oí el eco apagado de la voz de Joe, como si me encontrara en el interior de una cueva.

—Exacto, Heather. Ámala. Ya es hora. Ella es... Hacía mucho tiempo que... necesitabas. Las dos habéis sufrido mucho. Abrázala. Ámala. Es una criatura que no recibió lo que necesitaba. Ofréceselo ahora. Compénsala.

En aquel preciso instante me convencí de que ese inocente ser y yo éramos la misma persona. La amaba y sentía la apremiante necesidad de protegerla... de ser todo para ella.

Fijé la vista en la profundidad de los ojos azules de un recién nacido, y en ellos vislumbré los contornos de un mundo muy distinto de éste. Un mundo que me cautivó por su total franqueza, su amor sin límites, sus posibilidades inexploradas. Contemplé las simientes de toda una vida en esos ojos y deseé desesperadamente proteger, ayudar y alimentar esa frágil porción de humanidad.

Lloré de emoción, y algunas lágrimas se deslizaron por mi rostro y cayeron en las delicadas mejillas rosadas de la niña. Comprendí entonces que había puesto punto final a uno de los episodios inconclusos de mi vida. Satisfecha, reconfortada, me pregunté cómo era posible que esa pequeña y frágil presencia ejerciera tanto poder sobre mí. En cualquier caso me sentía feliz de que así fuera.

—¿Lo ves, Heather? —oí a Joe susurrarme al oído—. Has curado tus heridas y has conseguido que las dos volváis a cobrar vida.

—Y ahora, ¿qué? —pregunté dichosa, cerrando los ojos.

—Estréchala contra ti —me indicó— Estréchala contra tu corazón tan fuerte como puedas.

La besé en la frente y la apoyé contra mi corazón.

Recostó su cabeza contra mi pecho, amoldando su perfecto cuerpecito a los contornos del mío. Sentí que una especie de aleteo de mariposas me recorría la piel, que el suspiro de ángeles me acariciaba. Nadie me habría nunca convencido de que aquello no era un ángel encarnado en su cuerpecito. Ella contenía toda la belleza, la esperanza y la verdad del mundo, y entendí que, dondequiera que la vida la llevara, ese halo de perfección siempre la acompañaría por muy oculto que estuviera. Sentí que se disolvía en mí y nos fundíamos en una sola persona. Ésa fue la experiencia más abrumadora y gratificante de toda mi vida.

—¡Fabuloso, esto es fabuloso! —oía a Joe exclamar exaltado—. Abrázala, Heather, ámala. Así, muy bien. Sí, sí, es fabuloso.

Se produjo un prolongado silencio mientras recorría los veintinueve años de amor y distancia que me separaban de esa pequeña fuerza de vida que una vez fui. La estreché contra mí, absorbí su esencia que iba desvaneciéndose, la engullí en mi corazón y, cuando finalmente abrí los ojos, sólo hallé mis manos vacías. De inmediato volví la mirada, expectante, hacia Joe para encontrar una explicación.

—¿Qué ha ocurrido? —pregunté algo aturdida—. ¿Adónde ha ido?

—Está dentro de ti —contestó Joe con calma—. Ha regresado al lugar adonde pertenece. Ámala y cuida siempre de ella porque nunca dejará de necesitarte.

Alguna antigua y profunda herida hizo que en mis ojos brotaran lágrimas que se deslizaron por mis mejillas.

—Ya sé qué he de hacer a partir de ahora —le afirmé, convencida—, ya va siendo hora de que empiece a cuidar de mí misma como es debido. Es hora de mimar a la verdadera Heather Hurley... quienquiera que sea —concluí, enjugándome las lágrimas.

Joe me tendió un pañuelo blanco, sin mácula.

—Te aseguro —susurró—, que Heather Hurley es una persona maravillosa.

Acto seguido me tomó de la mano y me guió en silencio hasta que hubimos salido del bosque.

Ocho

En los días que siguieron me obligué a acudir al club, a pesar de que últimamente se había convertido en una pesada carga. Las conversaciones mantenidas con Joe me habían aclarado las ideas, y estaba convencida de que encontrar un medio mejor de ganarme la vida era sólo cuestión de tiempo; buscaría un trabajo que no implicara corromper mi verdadero espíritu.

Estaría eternamente agradecida a Joe por toda la sabiduría que me había transmitido, pero aún me intrigaba que nunca hubiéramos abordado en serio el tema de su pierna amputada y que no hubiera empleado sus poderes para arreglársela. Se proponía realizar buenas obras aquí en la Tierra, mostrando a la gente cómo ayudarse a sí misma, de manera que, ¿por qué habría de decidir ponerse a prueba con la amputación de un miembro? ¿Acaso la vida no era ya lo bastante dura?

Una tarde, mientras estábamos en el patio de mi casa, disfrutando de la fresca brisa de finales del verano que suavemente acariciaba nuestro rostro y arrancaba murmullos a las hojas de las tomateras, le desafié:

—Entonces, si realmente eres Dios, o como quiera que te denomines en la actualidad, ¿por qué no te curas?

Porque ¿qué sentido tenía ir por el mundo sin una pierna si no era realmente necesario? Si yo fuera Dios, sin duda no permitiría que nada me perjudicara. Si estuviera en mi mano, me negaría rotundamente a padecer y por esa razón no acierto a comprender por qué algunas personas religiosas parecen creer que sufrir es algo meritorio; nunca he acabado de entenderlo.

—Porque no sería justo —respondió Joe sin ambages—. Tal vez resulte difícil de creer, pero lo más curioso es que todos los seres humanos han recibido la misma dosis de problemas. No escatimé esfuerzos para asegurarme de que ninguno recibía más o menos preocupaciones que los demás. Sin embargo, no tuve en cuenta que no todo el mundo posee la misma capacidad para afrontar las penalidades —explicó un tanto afligido, como si se reprochara no haber sido del todo justo con la raza humana. En todo caso, no estaba dispuesta a discutir con él esa cuestión—. Algunas personas son increíbles —continuó—; les haces un pase con efecto, cogen limpiamente la pelota y encima te dicen: «Venga, ¿qué más me tienes reservado?» Me refiero a que no sólo encuentran la manera de salir del aprieto, sino que se mantienen a la expectativa, preparados para el nuevo reto que la vida les impone... además de descubrir el obsequio que en él se esconde y seguir mirando hacia el futuro —se interrumpió pensativo un momento antes de añadir—: Nunca hubiera dicho que los humanos pudieran poseer tal entereza, especialmente las mujeres. Ignoraba el enorme potencial que deposité en ellas cuando las creé.

Curiosamente, no era yo quien hacía la observación.

Transcurrieron unos minutos antes de que volviera a hablar, y yo no sentí la necesidad de llenar su silencio. Estaba claro que ése era su turno para hablar de sus asuntos, y no tenía intención de interferir.

—Por supuesto, no hay que olvidar a los que se quejan por cada molestia, sufrimiento e incidente que padecen en sus vidas, por pequeños que sean —prosiguió con tono aleccionador—, y son éstos quienes sufren realmente, porque se muestran incapaces de apreciar los increíbles dones que les he concedido. Se diría que les da miedo creer que la vida puede resultar bella, que las dificultades pueden ser tan positivas como las facilidades. Por lo visto, no saben valorar las lecciones prácticas que encierran los problemas cotidianos, lecciones cuya finalidad consiste en hacer sus vidas más placenteras gradualmente.

—Eso está muy bien, pero todavía no me has explicado por qué no te has hecho una pierna nueva —volví a la carga.

—¿Ah, no? —preguntó, y sus oscuros ojos brillaron incandescentes como si en algún profundo lugar de su interior se hubieran avivado las ascuas de un sufrimiento apagado—. Pensaba que ya lo habrías deducido, Heather. —La forma en que pronunció mi nombre me hizo sentir como una adolescente de los años sesenta en un concierto de los Beatles.

—Quizá se me haya escapado —reconocí—. En

todo caso, la vida ya es lo bastante dura sin necesidad de llevar una prótesis. ¿Por qué no te haces crecer una pierna nueva y continúas con tu misión en la Tierra? —inquirí, convencida de la lógica de mi argumento.

Clavó en mí una mirada severa, no de reproche, sino escrutadora.

—No sería justo —repitió—. Al crear a los seres humanos, asigné a cada uno su correspondiente desafío en la vida; ¿qué sentido tendría que no lo hubiera para mí? —Sin esperar que yo respondiera, agregó—: Además, ¿cómo podría ser equitativo con todos en la atribución de problemas y no adjudicarme ninguno a mí mismo? En serio, Heather, ¿por quién me tomas?

No sabía cómo responder a esa pregunta; solamente tenía claro que deseaba que hubiera más tipos como él. De todos modos me intrigaban sus palabras.

—¿Debo entender que los niños que nacen con defectos, y las princesas y los agentes de Bolsa de Wall Street, y los habitantes de los países del Tercer Mundo, y los médicos, y los polis, y quién sabe si incluso las que hacemos *strip-tease*, todos, a todos nos corresponde la misma dosis de penalidades y sufrimientos en la vida?, ¿la misma dosis de infelicidad?

—En efecto. Nunca alcanzarás a imaginar la cantidad de kilómetros que he recorrido con el fin de asegurarme de que nadie haya recibido más o menos en el proceso de reparto. Lo que diferencia a las personas es el modo en que afrontan los desafíos. Algunos ni siquiera se inmutan, mientras que otros lloriquean y se quejan durante todo el camino de la vida.

—Ah —fue todo cuanto acerté a decir mientras recordaba todos los lamentos que había manifestado desde que le había conocido.

Sonrió comprensivo y concluyó:

—No es malo quejarse un poco, Heather, siempre y cuando te esfuerces por solucionar lo que provoca tu sufrimiento.

En esos momentos me sentía desconcertada por mi increíble capacidad de amarle. Me parecía que mi amor por él no conocía límites. A pesar de que lo sabía todo sobre mí, jamás le había oído reprocharme nada. ¡A mí, a quien muchos tildarían de «perdida», de «infiel»...! ¡A una cabaretera! ¿Cómo no enamorarse de un hombre así?

Pero era Dios, de modo que debía de estar acostumbrado a que la gente le adorara, a que le amara, porque en el fondo ¿qué era él, sino amor? Lo sabía todo sobre mí y, sin embargo, nunca me había juzgado ni había pretendido cambiarme. Recordé la historia de María Magdalena, que ungió los pies de Jesús con sus lágrimas y luego los secó con su larga y abundante cabellera. Por supuesto, había ocurrido en los tiempos en que se permitía el lujo de tener dos pies.

Siempre me había resultado ofensivo ese episodio, especialmente de niña, cuando asistía a la escuela parroquial. Incluso cuando no contaba más de seis años, la imagen de una mujer lavando los pies a un hombre me había parecido degradante para las de mi sexo. Siempre había considerado que era mucho mejor que fueran ellos quienes corrieran tras de mí. Y en cambio ahí estaba yo, perdida en las insondables profundidades del encanto de los ojos de Joe, deseando, de pronto, hacer todo lo necesario para compensarle de la decepción que hubiera podido causarle la raza humana. Si con su comportamiento Joe pretendía enseñarnos la clase de compasión que todos deberíamos mostrar por nuestros congéneres, sin duda alguna habíamos realizado una lamentable demostración de nuestra disposición hacia el prójimo. Por primera vez en muchos años me sentí avergonzada.

Su cálida mano se posó en mi hombro mientras decía:

—No lo hagas.

—¿Que no haga qué? —pregunté, sin haberme acostumbrado todavía a su capacidad de leerme el pensamiento.

—No te obsesiones por el pasado —me aconsejó, apartándome con delicadeza un mechón de cabello del rostro—. Lo estás haciendo lo mejor que puedes, y eso es todo cuanto pido. —Se produjo un largo silencio antes de que añadiera—: Mi más preciado regalo para ti es el momento presente. Empléalo para curar tus heridas del pasado.

Reflexionaba sobre esas palabras cuando me quedé dormida esa noche. «No te obsesiones por el pasado... Mi más preciado regalo para ti es el momento presente.» Las frases brotaban de mis labios a modo de mantra mágico al tiempo que me asaltaban pensamientos extraños y sin sentido, hasta que finalmente me entregué sin resistencia a los brazos de Morfeo.

Me hallaba en estado de duermevela, percibiendo el aroma familiar de la brisa marina y el vaivén de las olas del océano que lamían las puntas de mis pies y transmitían una corriente tibia de bienestar, por todo mi cuerpo. El Sol, en lugar de ser la bola de fuego incandescente de mediados de julio, me bañaba en una suave calidez. Aspiré el aire salino y orienté mi rostro para absorber toda la belleza del Sol, como si la Tierra y el cielo se hubieran puesto de acuerdo para colmarme de esa sensación de plenitud y sosiego.

Entonces advertí que en las manos sostenía algo ligero. Por alguna razón, conocida sólo por los espíritus soñadores, me sentía incapaz de identificarlo con los ojos; sin embargo era consciente del gran poder que me proporcionaba.

Examiné el frágil envoltorio, palpé su pequeño tamaño, su forma cuadrada y la textura ligeramente granulosa.

Experimenté una apremiante necesidad de apretarlo contra mi corazón y, cuando lo hice, descubrí que estaba volando entre las nubes, flotando en el espacio abierto y sin límites del cielo azul del verano.

Sobrevolé la playa y el océano. Me crucé con una bandada de pelícanos que planeaban graciosamente por su territorio celestial para luego descender en picado con la intención de servirse su alimento favorito del bufé libre que las olas les ofrecían. Giré el objeto cuadrado que tenía en las manos y noté que mi cuerpo viraba suavemente en la misma dirección. Ese misterioso objeto parecía haberme dado alas y dirigía la ruta de vuelo. Sabía que, mientras lo sostuviera, algo mucho más poderoso que yo me guiaría. Lo incliné hacia arriba y ascendí aún más alto, hacia un grupo de gaviotas que revoloteaban juguetonas. Me sentí rebosante de la más plena alegría de existir y, por una vez en la vida, en armonía con el universo.

Todavía volé más alto sin pensar o preocuparme por cómo me las arreglaría para bajar. Cuanto más ascendía, mejor me sentía, y de pronto comprendí por qué los pájaros cantan siempre. También yo comencé a cantar, aunque juro que no recuerdo en absoluto qué canté. Se apoderó de mí una extraña sensación que nunca antes había experimentado. Era como si alguien hubiera entreabierto una puerta secreta en lo más íntimo de mi ser y hubiera empezado a verter un líquido dulce y tibio que recubría todo mi cuerpo de un brillo dorado.

Cuando ya parecía que mi alma estaba colmada de ese líquido hasta rebosar, noté que comenzaba a flotar, ligera como una pluma, de regreso a la Tierra. Descendí ingrávida y sin rumbo, con suavidad, mecida en el cielo luminoso. De nuevo me crucé con las gaviotas y les lancé una sonrisa silenciosa. A continuación topé con la bandada de pelícanos, y algunos me ofrecieron una demostración de sus proezas, evolucionando en el cielo y descendiendo en picado hacia las olas turquesa del océano en busca de alimento.

Percibí que mis pies tocaban la arena recalentada por el Sol y me alegré de encontrarme de nuevo en el lugar donde todo me resultaba familiar. Dirigí la mirada hacia el prodigioso paquete que aún sostenía en las manos y quedé asombrada por lo que vi.

Se trataba de varias cuartillas en blanco de papel de escritorio muy caro, recogidas con una cinta de terciopelo azul. En la parte superior de la primera página se leía: «De Heather Hurley.» De inmediato un interrogante surcó la aterciopelada superficie de mi mente. Pero antes de que se hubiera formado por completo la pregunta, una pluma dorada como la arena flotó ante mi rostro para aterrizar en el centro de la cuartilla y, soltando un poco de tinta, dejar una mancha con la forma de un beso.

Poco a poco me invadió la vaga sensación familiar de recuperar la consciencia. Como no deseaba despertar todavía, me esforcé en concentrarme en las lujosas hojas, la pluma y la arena bañada por el Sol. Aún no estaba lista para abandonar ese sueño. Quería conocer el significado del inexplicable encabezamiento del cuaderno, ver qué otra cosa mágica derramaría la pluma en las páginas siguientes, y ¡Dios, cómo deseaba volver a volar!

Desperté muy a mi pesar, debatiéndome hasta el último momento por seguir sumida en ese sueño intrigante y prodigioso. En vano. Estaba tendida en la cama mientras la alarma del despertador sonaba junto a mi cabeza, tan odiosa como los pitidos que anuncian la media parte en los partidos de baloncesto.

Permanecí un rato tumbada, intentando recordar por qué narices había puesto el despertador a esa hora. ¡Ah, sí! Claro, tenía una cita esa mañana con mi entrenador particular para trabajar los abdominales.

Refunfuñé ya de buena mañana y, con un suspiro de resignación, me desprendí del cómodo abrazo de mi cama para arrostrar al mundo de frente.

Caminé descalza hasta la cocina con los ojos entornados cual persianas, guiada sólo por la necesidad de una dosis de cafeína. Enchufé la cafetera y, cuando me disponía a abrir el paquete de café molido, deseé los buenos días a un señor sentado a mi mesa. Mientras desgarraba el papel de plata, el corazón me dio un vuelco. Me volví perpleja para verle, esparciendo por el suelo el café aromatizado de avellana que parecía recién molido.

Joe ahogó una carcajada, meneando la cabeza divertido al tiempo que observaba cómo me esforzaba por tranquilizarme.

—Has tardado mucho en reparar en mí —se mofó él.

—Me has dado un susto de muerte —le reprendí tras recuperar el habla. Permanecí de pie, procurando apaciguar el retumbar de mi corazón y calmar los desarreglos de mi estómago.

—Perdona —se excusó—. Supongo que pensé que a estas alturas ya te habías acostumbrado a esta clase de cosas.

—¿Que me había acostumbrado a ver aparecer un extraño en mi mesa? —espeté—. ¡Pero qué tonta soy!, ¡mira que sobresaltarme por cosas tan normales! —Percibí un temblor en mi voz, y seguro que también él lo captó.

Su expresión traviesa cedió paso al instante a una actitud compasiva y arrepentida. Se levantó con elegancia de la silla y dirigió sus pasos por en medio del café desparramado en el suelo hasta donde yo me encontraba, todavía paralizada, apoyada contra el fregadero en posición defensiva.

—Siento haberte asustado —musitó con una sinceridad que resultaba casi palpable. Me puso una mano en el codo con gesto protector y con la otra me cogió la barbilla, levantándome el rostro para atraerlo hacia el magnetismo de sus ojos—. A menudo olvido lo mucho que te asustas en algunas ocasiones —se disculpó—. Me olvido de que no has aprendido esa lección todavía.

La tensión de la espalda y los hombros se disolvió poco a poco mientras me perdía en la profundidad de sus ojos, disfrutando del sosiego que me transmitían.

—¿Qué lección? —susurré—. Debí suponer que tu intento por provocarme un infarto tenía que encerrar una lección.

—Nunca más volverás a tener miedo, Heather —sentenció—. Ésa es la lección.

Me pregunté qué significaban esas palabras. ¿Acaso nunca más volvería a sucederme nada malo? ¿Ya no tendría necesidad de cerrar las puertas con llave ni echar el pestillo de las ventanas porque ningún peligro me acecharía? ¡Siempre había soñado con algo así!

—Oye, espera un minuto —dijo esbozando una sonrisa—. Creo que no lo has entendido.

—Ya sabía que sonaba demasiado bien para ser cierto —murmuré decepcionada.

—Heather, me refiero a que nunca más debes asustarte, porque ahora ya sabes que siempre estaré a tu lado. Sé que nunca has creído que eso fuera posible, pero te pido que confíes en mí —concluyó.

Era evidente que estaba convencido de lo que decía, pero yo necesitaba algo más que la promesa de su presencia. Necesitaba garantías de que a partir de entonces nada malo volvería a sucederme, de que nada volvería a herirme o angustiarme.

Adivinó la razón de mi escepticismo aun antes de que tuviera tiempo de manifestarlo.

—Créeme, una vida sin retos sería un infierno —aseguró—. Donde hay penalidades hay siempre crecimiento —añadió en un susurro—. Recuérdalo. Y el crecimiento es el fin último de la vida.

—Todo esto resulta demasiado profundo para que pueda digerirlo a esta hora temprana de la mañana —repliqué con un suspiro de exasperación.

Sonrió, comprensivo, y bajó la mirada hacia el suelo de linóleo blanco, ahora moteado de café.

—Sospecho que ya no te quedará más café molido —reflexionó en voz alta con una sonrisa juguetona de los labios—. Desde luego huele muy bien.

Eché una ojeada a la bolsa que yacía a mis pies y cuyo contenido se hallaba esparcido en el suelo. Volví la vista hacia los ojos expectantes de Joe y suspiré desolada.

—Donde hay penalidades siempre hay crecimiento —recité—. Tendremos que tomar uno instantáneo.

Nueve

Esa mañana Joe y yo permanecimos largo rato sentados en la cocina, tomando café instantáneo y charlando sobre la importancia de sentirse bien con uno mismo. Sus puntos de vista y sus revelaciones representaban una bocanada de aire fresco para mi mente recalentada, semejante a la brisa estival que penetraba a través de la ventana de la cocina.

Serví una tercera taza para cada uno y tuve la sensación de que su aroma se parecía mucho al del selecto café avellanado que había esparcido por el suelo minutos antes.

—¿Es posible que tenga una alucinación? —dije burlona—. Me apetece tanto saborear un café a la avellana que creo olerlo.

Sin pronunciar palabra, Joe levantó su taza para brindar conmigo, tras lo cual se la llevó a los labios sin apartar la mirada de mi cara.

Tomé un sorbo del aromático y humeante brebaje y decidí relatar mi extraño sueño de la noche anterior. Sin embargo, tras la primera frase me detuve y bajé la vista hacia mi taza. Habría jurado que sabía a café a la avellana, no al barato instantáneo. Pero eso era imposible. O quizá no.

—¿Y por qué no? —inquirió Joe con una sonrisa maliciosa—. Si tiene el aspecto del café a la avellana, huele a avellana y sabe como el café a la avellana, será café a la avellana.

—¿Cómo lo has hecho? —pregunté con expresión interrogante y los ojos abiertos como platos. ¿Acaso sus prodigios no conocían límite? ¿Cuándo dejaría de asombrarme ese hombre?

—Si deseas hablar de prodigios realmente asombrosos —observó con una pizca de orgullo—, deberías haber estado presente el día en que convertí el agua en vino. Lo del café es una minucia. El vino es mucho más delicado porque hay que asegurarse de añejarlo en su punto exacto.

Lo miré boquiabierta.

—Más vale que cierres la boca o te entrarán moscas —aconsejó con sorna y un mohín de malicia—. Vamos, ¿por qué no sigues contándome lo de tu escapada a las alturas? —sugirió.

Tras vacilar un instante, respiré hondo y reanudé la narración. Le hablé de la maravillosa sensación que había experimentado al flotar en el espacio infinito, dejando atrás todas mis preocupaciones. Traté de describirle el bienestar y la paz que me habían embargado, la sensación de libertad absoluta y fusión con el universo. Le expliqué que el delicado cuaderno poseía el poder de dirigir mi vuelo y elevarme tanto como quisiera mientras lo sostenía en mis manos.

Joe escuchaba con atención, sonriendo y asintiendo para alentarme a continuar. Cuando hube terminado, tomé un largo y lento sorbo de café, invitando mentalmente al retorno a los últimos vestigios de mi sueño.

—De veras, Joe, si no fuera porque sé que resulta imposible, habría jurado que anoche realmente volé.

Por unos minutos mantuvo la mirada fija en mis ojos, y luego preguntó muy serio:

—¿Y qué te hace pensar que no fue así?

En vano intenté detectar un deje de ironía o burla en su voz. Hablaba en serio. Pero ¿cómo podía creer que realmente había volado la noche anterior?

—Pues porque esta mañana he despertado en mi habitación, tendida en la cama —respondí con cierto cinismo—, en el mismo lugar donde me hallaba antes de quedarme dormida.

—¿Y?

—Ah no, no, no y no —repliqué meneando la cabeza con expresión de incredulidad—. No conseguirás hacerme creer eso.

Rió abiertamente y se arrellanó en la silla. De repente su estilizada figura se me antojó demasiado grande para que se encontrara cómodo en mi pequeña cocina.

—¿Por qué no? —insistió, testarudo—. Quizá ya va siendo hora de que empieces a abrir tu mente para ampliar el abanico de posibilidades de la vida, Heather.

—Sentémonos en el comedor —propuse, tratando de cambiar de tema. Me negaba a considerar la posibilidad de que la noche anterior hubiera sobrevolado Santa Mónica con un fajo de cuartillas de papel satinado contra mi pecho. Imposible. Serví otra ronda de café y me entretuve preparando una bandeja con rebanadas de pan y queso para untar. De repente me había entrado un hambre atroz.

—Es tu mente la que está hambrienta —me azuzó Joe sonriente, mientras nos trasladábamos al sofá. Tomó asiento a mi lado y prosiguió—: Estás ávida de conocimiento. Te mueres por saber cómo volver a volar. Estás ansiosa por comprender el significado del papel de escritorio que sostenías en ese sueño, por interpretar el sentido de la pluma que besó aquel fajo de hojas.

—No creo en la interpretación de los sueños —repliqué con un gesto de hastío.

—Sí, ya veo —asintió Joe mientras untaba una rebanada con queso—. Supongo que por eso tu vida es un mar de risas.

Ya no pude más; ese comentario hizo aflorar mi vena irlandesa.

—¡Bueno, ya basta! —exploté—. ¡Fuiste tú quien afirmó que la vida no es siempre un camino de rosas, que la clave está en aceptar los retos y crecer! ¿Y ahora me sales con el cuento de la interpretación de los sueños? —Advertí complacida que lo tenía acorralado.

—Pero eso no significa que la vida deba ser horrible —objetó sin perder la calma—. Aprender y crecer puede resultar muy divertido, y la interpretación de los sueños constituye una poderosa herramienta para ello. —Guardó silencio, dubitativo, para luego añadir en un susurro—: Si se adopta la actitud correcta, por descontado.

—Y ahora, ¿qué pasa con mi actitud? —arremetí, con las manos apoyadas en la cadera.

—Oh, nada —contestó entre risas—. Sólo que resulta un poco..., en fin, al estilo de la Costa Este, ¿no te parece?

Quedé apabullada y traté de encontrar alguna objeción, pero tenía la mente en blanco.

—Eso está bien, Heather —aseguró con tono conciliador. Y levantándose del sofá para dirigirse hacia el arca de cedro que había en un rincón de la sala, sentenció—: Una mente en blanco es como un recipiente vacío cuya finalidad última es ser llenado.

Acto seguido se tomó la libertad de abrir el baúl y hurgar en su interior, como si conociera bien lo que estaba buscando. Ni siquiera yo recordaba ya qué guardaba allí. No lo había abierto desde hacía años y, francamente, no estaba segura de querer ver su contenido.

Al parecer, mi opinión al respecto carecía de importancia. Joe revolvió en el arca hasta que sus manos dieron con algo que le provocó una leve sonrisa. Lo sacó con sumo cuidado y lo sostuvo en alto agitándolo delante de mí con una mirada triunfal en su hermoso rostro. Un escalofrío recorrió mi cuerpo cuando posé la vista en el legajo de papeles ajados que tenía en la mano... atados con una cinta azul, idéntica a la que había visto en el sueño.

De ordinario me habría enojado que cualquiera, sobre todo un hombre, se hubiera tomado semejante confianza, pero Joe no era «cualquiera». Por algún motivo confiaba en él de corazón, y hacía mucho tiempo que no confiaba en nadie de esa manera.

—¿Qué tal si hablamos sobre esto? —propuso depositando el elegante paquetito en mi regazo.

—No tengo ni idea de qué hay aquí —afirmé, intentando ganar tiempo, pues sospechaba que se trataba de la colección de poemas que un día escribí.

Joe se acomodó a mi lado en el sofá y observó cómo desataba indecisa el lazo azul y pasaba las amarillentas páginas del fajo. A medida que lo hacía, recordaba con tristeza la época en que iba por el mundo con el corazón en la mano; me resultaba embarazoso pensar que hubiera plasmado por escrito sentimientos tan íntimos. La situación me ponía nerviosa, ya que no deseaba volver la vista atrás hasta este extremo.

Di unos golpecitos en el borde de las hojas sueltas para introducirlas en la desordenada pila y tomé el lazo azul con la intención de atarlas. En ese instante la mano de Joe se posó con delicadeza sobre la mía.

—No hagas eso. No puedes andar siempre liando las cosas en atadijos para luego esconderlos. —Con un movimiento preciso cogió una cuartilla del centro del fajo y la sostuvo en alto para mostrármela—. Éste es mi favorito —observó con una cálida sonrisa—. Me llegó a lo más hondo.

Titubeante, se lo quité de las manos y leí las palabras que antaño habían brotado de alguna vieja y dolorosa herida.

El prisionero sentado solo en su celda
rogaba a Dios por el fin de su largo infierno.
Qué desperdicio, encerrado en la flor de la vida,
por haber cometido un simple pecado humano.

Ansiaba la libertad, la luz del sol y las flores,
alguien con cuya compañía llenar sus horas.
Pero su vida se apagaba y ya no había esperanza.
Entonces un gorrión comenzó a cantar tras su
ventana.

«Ay, mi querido amigo, cuánto te envidio,
eres libre de elegir hacia dónde dirigir tu vida.»
El gorrión vigilaba inquieto, posado en el
antepecho,
al felino que abajo, en el seto, se mantenía al
acecho.

«¡Ay! —exclamó desolado el gorrión—,
también yo puedo ser un ladrón.
Si bien nadie puede acusarme de nada,
cada uno a su modo está viendo el tiempo pasar.»

Recordé haber escrito ese poema cuando me gradué en el instituto. Había estado sirviendo mesas en el Vinnie's Diner y me sentía atrapada, prisionera de esa pequeña ciudad de mala muerte en la que me crié. La gente me resultaba aburrida y sumisa, y me horrorizaba la idea de convertirme en uno de ellos. Fue entonces cuando me juré que algún día llenaría las maletas de mis escasas pertenencias y me largaría a Los Ángeles. Estaba convencida de que Los Ángeles poseía una magia especial y de que por lo menos se me presentaría una buena oportunidad entre el éxito y la belleza que caracterizaban ese lugar.

—¿Y ahora cómo te sientes? —inquirió afectuoso Joe, que al parecer había seguido cada uno de los pensamientos que flotaban en mi mente—. ¿Es Los Ángeles como deseabas que fuera?

—Por supuesto que no —contesté un tanto irritada—. Nada es nunca como lo imaginamos en la infancia. Es muy natural sentirse algo decepcionado.

—¿Sólo sientes eso? —le insistió—. ¿Decepción?

Me sorprendí al advertir que se me llenaban los ojos de lágrimas, aunque no me avergoncé de ello.

—Bueno, supongo que aún me siento un poco atrapada —admití al tiempo que las lágrimas se desbordaban y rodaban por mi rostro—. De hecho, me siento muy atrapada. —Ahora lloraba con ganas—. Exactamente igual que en el Vinnie's Diner... tal vez peor.

Joe se acercó a mí y al pasarme su fuerte y reconfortante brazo por la espalda hizo caer mi rebanada de pan sobre el sofá.

—¡Ostras! —masculló sacudiendo las migas del cojín con la mano libre—. No pretendía ensuciarlo.

—Es igual —musité sorbiendo por la nariz, deseosa de que siguiera con el brazo sobre mis hombros—. Han caído cosas más grandes que migas sobre este sofá.

Nuestras miradas se cruzaron un instante y a continuación prorrumpimos en carcajadas.

—Mi dulce Heather —murmuró acariciándome el cabello—, ignoras la magia que hay en tu interior. Has estado tanto tiempo obsesionada por tu aspecto exterior que no has reparado en tus mayores tesoros.

—¡Oh, no, ya estamos otra vez! —protesté—. Sospecho que ahora me aconsejarás que vaya a la universidad, que estudie una carrera, que haga algo con mi vida. —Me preparé para oír el sermón que yo misma me había soltado un centenar de veces, y del que, por supuesto, haría caso omiso.

—¿La universidad? —repitió Joe, sorprendido de que supusiera que ésa sería su recomendación—. ¿De verdad has pensado que iba a sugerirte eso?

—¿Y por qué no? Probablemente es lo más sensato.

—Únicamente puede considerarse sensato si coincide con tus deseos —replicó Joe—. E intuyo que tus deseos no tienen nada que ver con lo que se enseña en una aula. De hecho —añadió con una mueca divertida—, estoy convencido de que serías tú quien podría enseñar un par de cosas a la mayoría de los profesores universitarios.

Alcé la vista hacia su hermoso rostro en busca de una muestra de sarcasmo o doble sentido, pero sólo capté el amor que manaba de las profundidades de sus oscuros ojos castaños y que penetraba en las barreras de mi alma. Por enésima vez me maravillé de que ese hombre me profesara un amor tan verdadero e incondicional.

—Dime, Joe, ¿cuáles son mis mayores tesoros? Explícamelo porque no tengo ni idea.

Posó la vista en las amarillentas páginas de los poemas que permanecían en mi regazo, y su voz sonó suave como un beso cuando finalmente habló:

—Tus cuadros. Posees muchas habilidades, pero tus cuadros constituyen tu mejor aportación al mundo.

—¿Mis cuadros? —pregunté intrigada con el entrecejo fruncido—. ¿Qué cuadros? —Creía haber estado siguiendo el hilo de su discurso, pero de pronto me había perdido. Jamás había cogido un pincel y estaba segura de que no era una de esas personas dotadas de un potencial aún por descubrir en el campo de la pintura. ¿A qué se refería?

—En estos cuadros —prosiguió, volviendo la vista hacia el legajo de poemas—, has conseguido plasmar, de un modo espléndido, poderosas emociones. Y eso no resulta nada fácil. —Me miró de soslayo para comprobar que no me había desmayado, supongo—. Y para conseguirlo te has servido de las herramientas más puras —le añadió.

—¿Herramientas? ¿Qué herramientas? —repetí perpleja.

—Sí, Heather —continuó entusiasmado—, has pintado esos cuadros mediante palabras y sentimientos, y más importante aún, con sinceridad. Y me consta que sabes cuán difícil resulta encontrar eso. Sí, Heather, eres una gran artista.

Me sentía confusa, y no vacilé en manifestarlo. Durante años me había considerado una mujer no demasiado lista, incluso algo perezosa si me apuran, y por supuesto sin el menor talento... bueno, por lo menos no en el sentido habitual del término.

Y ahora se presentaba ese ser místico para elogiar mis poemas, denominándolos «cuadros», y calificándome de «artista». Me preguntaba si no estaría tramando algo.

No tardé en conocer la respuesta.

Joe colocó la cinta azul alrededor del fajo de cuartillas, meditabundo, y me tendió el atadillo.

—Cierra los ojos —ordenó, y sin ninguna oposición, sino con la máxima confianza, obedecí—. Ahora, estrecha los poemas contra tu pecho, lo más cerca posible de tu corazón —indicó con ternura—. Así, muy bien —me animó—. ¿Todavía no sientes nada?

—¿Qué debería sentir? —pregunté ignorante, apretando los párpados.

—La magia —se limitó a contestar.

Y entonces, en efecto, la sentí.

De nuevo flotaba en el cielo, como en el sueño. También esta vez utilicé el fajo de cuartillas como timón, y por supuesto funcionó. En tanto mantuviera los poemas contra mi corazón, podría tomar el rumbo que se me antojara. Era una sensación magnífica que me embriagaba de felicidad.

—¡Estoy volando, Joe! —exclamé—. ¡Estoy volando otra vez!

—Ya lo sé —le oí decir desde lo alto—. Me siento orgulloso de ti.

¿Que se sentía orgulloso de mí? ¡Había alguien que se enorgullecía de mí! Qué bien me sentía, no quería que mi aventura acabara jamás. En mi entusiasmo por no perderme nada de cuanto sucedía, abrí los ojos y de inmediato noté que mi cuerpo se precipitaba como una bomba, directo a la Tierra, y aterricé con suavidad sobre el sofá, al lado de Joe.

—¿Qué ha ocurrido? —pregunté, incapaz de disimular mi decepción.

—Que abriste los ojos —contestó Joe entre risas—. Es una de las reglas capitales para volar en sueños —precisó—. Deduzco que debía haberte advertido.

—¡Pero no estaba soñando! —objeté—. Estaba despierta con los ojos cerrados, eso es todo.

—Cuestión de semántica —repuso.

—Joe, explícame qué significa todo esto —le supliqué—. ¿Qué pasa con esos poemas? Primero se me aparecen en sueños, y ahora están aquí, ofreciéndome la posibilidad de volver a escapar a las alturas. ¿Cuál es la lección?

Sin pronunciar palabra, Joe cogió el legajo de poemas de mis manos y lo depositó en la mesa junto con las tazas de café, ya frío, y las rebanadas que no habíamos comido. Se volvió hacia mí y, cogiéndome las manos, las envolvió con las suyas, amplias y cálidas.

—Durante años has creído estar buscando un sueño —explicó mientras escrutaba mis ojos, comprobando la ausencia de cualquier rastro de resistencia—, pero en el fondo eran tus sueños los que te buscaban a ti.

—Pero... —Me asaltaban miles de preguntas y no sabía por dónde empezar.

—Chist —me acalló Joe, cruzándose los labios con

un dedo y deslizando el atillo de poemas bajo su brazo. Se levantó del sofá y dirigió sus pasos hacia la puerta principal para, a continuación, girarse sobre sus talones—. Lo que te digo es cierto, ¡créeme! —imploró—. Ha llegado el momento de que tú y tus sueños entréis en contacto. Cuando los engranajes se ponen en movimiento de esta manera, es que ya falta muy poco para que se cumplan tus sueños, ya lo verás. —Y silenciosamente se marchó.

Permanecí sentada un buen rato, perpleja, y de no haber sonado el teléfono, no sé cuánto tiempo habría continuado en ese trance.

Era mi entrenador particular que llamaba para preguntar por qué no había acudido a la cita de esa mañana.

—¡Ah!, he estado ocupada pintando —repliqué.

Diez

No logré que mi entrenador particular me diera hora hasta el cabo de una semana, y habría jurado que de ese modo me castigaba por el plantón. En cuanto me presenté en el gimnasio, me puso a hacer abdominales en el suelo y luego me obligó a incorporarme y simular que escalaba por una liana invisible. Después de cincuenta minutos de tormento, empecé a preguntarme si valían la pena tantos esfuerzos y sufrimiento para conseguir un cuerpo sin defectos.

Procuré ignorar el dolor imaginando cosas agradables, pero lo único que surtía efecto era pensar en una inyección de morfina. Entretanto, me acordé de algo que Joe había dicho la otra mañana, mientras tomábamos café. Había asegurado que yo me preocupaba en exceso por mantener un cuerpo perfecto porque no me había percatado de que tenía una mente perfecta. Por un instante se me ocurrió que tal vez resultaría mucho más fácil ejercitar mi mente en lugar de mi cuerpo, aunque dudaba de que hubiera mucha gente dispuesta a pagar por ver mi mente.

¿Qué había querido decir Joe con eso? Había afirmado además que no me hacía ninguna falta estudiar en la universidad. Entonces, ¿cómo podría yo emplear mi mente para ganar lo bastante y mantener el estilo de vida a que estaba acostumbrada? No soy una persona intelectual, y menos aún conformista. En efecto, basta con que me impongan unas pocas normas para que me sienta impulsada a infringirlas. Así pues, ¿de qué otro modo podía encajar yo en este mundo si no haciendo lo que hacía? Cuando menos, con el *strip-tease* conseguía pagar las facturas, y si realizar los abdominales formaba parte de mi profesión, pues bien, no me quedaba más remedio que asumirlo.

Tan pronto como la sesión de tortura con el entrenador llegó a su fin, me precipité hacia el *jacuzzi* y la ducha. No había dejado de pensar en Joe y sus palabras. ¿Qué significaba eso de que eran mis sueños los que me buscaban a mí, y no al revés? ¿Cómo sabía dónde encontrar mis poemas atados con un lazo azul? ¿Y qué relación guardaba ese legajo con mi facultad de volar en sueños? No concebía que esos poemas, almibarados y de escasa calidad, pudieran tener valor alguno, pero ¿por qué se los había llevado? Y sobre todo, ¿por qué no había tenido noticias suyas en toda la semana? No soy una persona posesiva, en absoluto, pero el tipo poseía un carisma innegable, y deseaba volver a verlo. Por otra parte me enseñaba cosas sobre mí que me fascinaban.

Desde que Joe había entrado en mi vida todo parecía haber cambiado. Me sentía como un bulbo de tulipán que alguien hubiera plantado mucho tiempo atrás y después abandonado. Siempre había creído que Dios se había olvidado de mí; sin embargo acababa de aprender que yo era responsable en parte de esa situación. Era yo quien me había tratado de forma tan mezquina.

A pesar de todo, sentía la calidez y la presencia de Joe aun cuando no se hallaba a mi lado, y me embargaba una arrolladora necesidad de crecer y sacar a la superficie lo que me angustiaba. Daba la impresión de que una mágica neblina de bienestar había caído sobre mí para permitirme ver la vida con una clarividencia que nunca había creído poseer. En los últimos días contemplaba mi futuro con esperanza, y me sorprendía gratamente el «efecto dominó» que ello producía. Además, ya no me obsesionaba por evaluar el potencial financiero de mis clientes, sino que, en lugar de eso, me dedicaba a conjeturar sobre mis posibilidades aún por descubrir.

Sin embargo, era consciente de que debía andarme con tiento. Resultaba muy fácil cobrar un gran afecto a Joe, y sabía que eso no me convenía. Después de todo, la semana anterior me había repetido que sus días conmigo estaban contados. Tarde o temprano, dadas las características de su misión, tendría que presentarse ante otra persona que necesitara de su ayuda. En mi ámbito de trabajo, mantener cierto desapego a las personas es una premisa importante, por lo que cabía esperar que no me costaría conservar el equilibrio emocional en esa situación. Por lo general me resulta muy fácil mantenerme distante, pero Joe despertaba en mí toda clase de sentimientos y no podía evitar enamorarme de él un poco más cada día.

Tenía que procurar no bajar la guardia.

Me colgué la bolsa de deporte en el hombro y me encaminé hacia el aparcamiento. Resuelta a no pensar más en Joe y en por qué no me había llamado, conecté la radio e hice girar el dial hasta sintonizar una buena emisora. Empecé a canturrear.

Me encontraba parada ante un semáforo en rojo a la altura del Wilshire Boulevard cuando comenzó a sonar mi canción favorita: *Someone to Watch Over Me* (Alguien que cuide de mí). Estuve cantándola, absorta, mientras esperaba.

Vi unos pocos coches en el carril contrario con el intermitente izquierdo encendido y me hizo gracia su pretensión. Se trataba de uno de los cruces más congestionados de la ciudad, incluso para lo que se considera habitual en Los Ángeles, y a menudo hasta los conductores más agresivos se ven obligados a esperar varios cambios de semáforo antes de girar a la izquierda. Por fortuna, yo no tenía por qué preocuparme pues iba todo recto, de modo que subí el volumen de la radio y seguí cantando más fuerte. Comoquiera que soy una poeta en ciernes, cambié el título original por *Alguien que cure mis heridas* y compuse la letra:

Tengo un nuevo amigo
que me ha descubierto la libertad,
llenándome de felicidad,
y pacientemente
va curando mis heridas con su bondad.

El semáforo cambió a verde, y la mujer del coche que me precedía, en lugar de avanzar, indicó con la mano a los vehículos del otro carril que aprovecharan para girar. Tal como se funciona en Los Ángeles, ninguno de los conductores que esperaban podía creer que esa mujer les cediera el paso, por lo que no se movieron. Quienes se hallaban detrás de mí empezaron a hacer sonar el claxon, impacientes, pero el automóvil de delante seguía sin moverse. Como era de esperar, el semáforo volvió a cambiar a rojo, y nadie había pasado el cruce.

Tomé aire, preparándome para el final de la canción, y ataqué la última estrofa más fuerte con la intención de acallar la frustración que sentía.

No le digáis que mi amor es un frenesí,
que siento
que la esperanza regresa a mí,
cuando cura mis heridas así.

Cuando sostenía esa última nota, oí que alguien aplaudía en el asiento del pasajero. Sobresaltada, volví la cabeza con los ojos desorbitados para encontrar a Joe tranquilamente sentado a mi lado, riendo como un niño y batiendo palmas con sus delicadas manos en señal de aprobación.

—¿No es posible disfrutar de cierta intimidad estando tú cerca? —le solté, más abochornada que asustada—. ¿No hay nada sagrado para ti? —Me reproché ser tan reacia a dejar de emplear el sarcasmo y ponerme a la defensiva incluso cuando amaba a alguien.

—Todo es sagrado —afirmó sacudiendo la cabeza—, en especial los momentos como éste, cuando estás relajada y contenta. Y por lo que respecta a tu actitud sarcástica, en realidad forma parte de tu encanto. De todos modos, tarde o temprano la suavizarás. Por cierto —añadió—, me ha dado la impresión de que te referías a mí en tu canción, ¿me equivoco?

—No seas tan creído —repliqué medio en serio, convencida de que por descontado sabía que estaba colada por él.

El semáforo se puso en verde de nuevo. Esa vez el coche que me precedía avanzó sin titubear y el tráfico volvió a rodar con fluidez. Es decir, con la fluidez que permite el tránsito en Los Ángeles.

—Ya era hora, me alegro de que por fin se diera cuenta —murmuró Joe, señalando con la barbilla a la mujer que había causado el embotellamiento—. Tendré que tomar nota de eso.

—No me digas que también te dedicas a vigilar las infracciones de tráfico —repliqué con tono acusador.

Meneó la cabeza, riendo.

—¿Conque eso crees? —preguntó enarcando las cejas, sorprendido—, ¿que llevo la cuenta de sus faltas para luego castigarla? De verdad, Heather, ¿cuándo empezarás a confiar en mí? —Su tono era afectuoso, incluso comprensivo, y por un instante me pregunté cómo podía aguantarnos a mí y a los demás.

—Pues suponía que habrías aprobado su comportamiento —observé—. Entiéndeme, ha sido paciente y condescendiente, como a ti te gusta que sea la gente. —Incapaz de reprimirme, añadí—: Las mujeres, en especial.

—Ella tenía prioridad —se limitó a replicar.

—¿Y? —repuse, de nuevo sarcástica—. La cedió para que otros pudieran circular. Habría pensado que le concederías una preciosa medalla de oro por ello.

—Su actuación no ha sido de especial utilidad para alcanzar su objetivo —me explicó, pragmático—. Sólo ha servido para desviar el curso de los acontecimientos.

No encontré nada que objetar. Por una vez no se me ocurrió ningún comentario cínico, y sospeché que Joe usaba ese incidente banal como ejemplo para enseñarme un concepto más trascendente.

—¿Sabes, Heather? —prosiguió—. No hay nada malo en aceptar lo que por derecho te corresponde. Es más, de esa forma las cosas se mantienen en el cauce correcto. En cambio, cuando te autoflagelas, es decir, cuando piensas que no eres lo bastante buena o que no mereces nada bueno, no sólo te perjudicas a ti misma, sino también a las personas que te rodean.

Me tomé unos minutos para digerir ese trago.

—¡Vaya! —exclamé por fin—. Desde luego, no tienes nada que ver con lo que me vendieron las monjas.

Rió la ocurrencia y concedió:

—Es cierto, ese colectivo no me ayuda mucho, que digamos.

En el breve silencio que siguió pensé que era realmente bondadoso, comprensivo, indulgente, compasivo... y con sentido del humor. En aquellos momentos me sentí muy cerca de aquel hombre, a quien hasta entonces siempre había negado.

—Esto es sólo el principio —susurró, respondiendo a mis pensamientos—. A partir de ahora, Heather Hurley, la vida será cada vez mejor para ti.

—¿Y eso puede ingresarse en el banco? —le pregunté sin conceder el menor crédito a sus palabras.

—Todo se andará —afirmó con seguridad—. Ahora te toca a ti. Estás a punto de conocer la realización personal y la satisfacción.

Me sorprendieron las lágrimas que empezaron a brotar de mis ojos cuando le oí hablar así. Un sentimiento de confianza, esperanza y alegría me inundó como las refrescantes olas del océano, y por mucho que fuera maravilloso, me resultaba totalmente desconocido. No entendía por qué la mera perspectiva de ser feliz me producía, de pronto, ganas de llorar. ¿Acaso me faltaba un tornillo?

—No te preocupes —dijo tranquilizador—. Hay que acostumbrarse a la felicidad, sobre todo cuando se ha estado tanto tiempo privado de ella. Ya te adaptarás.

—¿De veras? —inquirí, consciente de que había adivinado lo que yo experimentaba en esos momentos. Por primera vez en la vida me sentía comprendida por alguien, y una lágrima enorme rodó por mi mejilla. Avergonzada por mis lloros, forcé una sonrisa y pregunté—: ¿Te importaría insultarme o darme una torta? Ante eso, sí sé reaccionar. En cambio, encuentro muy complicado lo de ser feliz. No sé cómo tomármelo.

Con suma ternura, Joe me enjugó una lágrima.

—Cuando conduces, deberías conducir —explicó—, y cuando lloras, deberías llorar. Es imposible hacer las dos cosas a la vez. ¿Por qué no dejas el coche en ese aparcamiento?

—Estoy bien —protesté, negándome a dar rienda suelta a mis sollozos. Supongo que temía que, una vez empezara, no pudiera parar.

—Sin duda estás bien —replicó con dulzura—, pero ¿por qué no aparcas de todos modos?

Obediente, circulé hacia el aparcamiento de unas pequeñas galerías comerciales. Aunque había pasado muchas veces por esa calle, inexplicablemente jamás había reparado en esas discretas galerías.

Joe sacó un pañuelo de un blanco inmaculado y me enjugó las lágrimas.

—Eso es —me animó, cariñoso, mientras yo seguía llorando—, sácalo todo.

Y eso hice. Lloré por mi infancia perdida, por el comportamiento defensivo que adoptaba para evitar que la gente me cobrara demasiado afecto. Lloré por las ocasiones desaprovechadas de amar a otro ser humano, por los muchos años en que ni siquiera había sido capaz de amarme a mí misma; por los sueños rotos, la falta de autoestima, el miedo por el futuro... Todo emergió de mi corazón y se desbordó por mis ojos. Entretanto, Joe recogía cada lágrima de sufrimiento en su pañuelo.

—Muy bien, Heather —me confortó—. Ya estás acabando.

—¿Acabando? —farfullé sorbiendo por la nariz, demasiado enfrascada en mis emociones para preocuparme por mis modales.

—De lamentarte por tu pasado —contestó con

firmeza—. Si no expulsas el pasado de tu interior, no habrá suficiente espacio para las cosas buenas de la vida. —Dejó que sollozara otro rato antes de proseguir—: Y te aseguro que te aguardan muchas cosas buenas.

Le miré sumisa, luego cogí el pañuelo de sus manos y me soné la nariz.

Cuando por fin recuperé los ánimos y dejé de llorar, me entró hipo. Joe me miró afectuoso y observó:

—No sospechas lo adorable que resultas cuando hipas.

Eché a reír y le abracé apoyando la cabeza en su hombro, fuerte y acogedor, tratando de grabar con fuego en mi mente esa sensación de paz y de seguridad absolutas. Habíamos compartido muchas experiencias y le amaba de verdad. Permaneció callado, acariciándome el cabello, reconfortándome, como un padre que sosiega a su hijo asustado.

De repente me vino a la mente la imagen de Dorotea en *El mago de Oz*. Recordé cómo, acompañada del espantapájaros, el león y el hombre de hojalata, se había aproximado al sabio, quien había sacado del saco negro que llevaba un regalo para los amigos de la niña. Entonces éstos habían preguntado qué guardaba para Dorotea, y ella había exclamado: «Bah, no creo que haya nada para mí en ese gran saco negro.»

Joe deslizó la mano por mi cabello para ponerla en mi hombro y me susurró al oído:

—¿Por qué estás pensando en Dorotea y el mago de Oz?

—Porque me siento como ella —respondí entre

hipo e hipo—. Todo el mundo parece recibir el regalo que le corresponde en la vida, pero no creo que haya nada para mí en ese gran saco negro. Estoy sola en este mundo, a la deriva, en espera de que algo suceda. Me gustaría ser como el resto de la gente, pero sé que nunca encajaré entre ellos. Siempre he marchado al ritmo de otro tambor. Yo soy así... diferente.

Tuve la sensación de que Joe se reía de mis palabras y me ofendió que se tomara mis sentimientos más profundos tan a la ligera.

Apartó mi cabeza de su hombro y me volvió el rostro hacia el suyo.

—No me río de tus sentimientos, Heather —aseguró con sinceridad—, sino de tus estúpidos miedos. En primer lugar, no me cabe duda de que a estas alturas ya habrás entendido que no te encuentras sola y que no es cierto que nadie te quiere, pero si necesitas oírlo de viva voz, ahí va: te quiero, Heather Hurley, y siempre estaré contigo, incluso cuando no puedas percibirme con tus cinco sentidos físicos.

Sentí que mi corazón se fundía al notar el amor que emanaba de sus ojos, dotando de una sinceridad innegable a sus palabras.

—Y en cuanto a lo de marchar al ritmo de otro tambor —continuó—, bueno, al menos oyes el ritmo. No te figuras cuánta gente va por la vida completamente sorda a los ritmos de sus deseos y sus sueños.

Poco a poco me encontraba mejor, y un irresistible sentimiento de amor me invadió. O al menos supuse que era amor. Resultaba difícil definirlo, pues nunca había experimentado nada comparable.

—Y por lo que respecta al misterioso saco negro —agregó—, no está vacío ni mucho menos. No tengo ningún broche mágico de amor, valentía o inteligencia que prenderte, Heather, tan sólo un corazón lleno de amor. Y el amor es la única magia que necesitas. Es la solución a todo. De todos modos, hay que empezar por amarse a uno mismo, recuérdalo.

No sabía qué decir. Estaba allí, sentada en el coche, en medio de un aparcamiento que nunca había visto, descubriendo el camino hacia la esperanza y la felicidad. Nada había cambiado en mi mundo exterior, pero no cabía duda de que mi mundo interior estaba emprendiendo una obra de envergadura. Tal vez algún día se alzaría el telón y contemplaría el resultado final.

Joe sonreía cuando lo miré de nuevo.

—Ven —ordenó, saliendo del automóvil—, tengo algo que mostrarte.

Le hubiera seguido hasta el fin del mundo después de todo lo ocurrido, pero sólo me condujo hasta una pequeña y encantadora tienda de postales situada al final de la avenida. Una campanilla tintineó sobre nuestras cabezas cuando pisamos el felpudo estampado de flores de la entrada; en el interior se percibía un perfume de vainilla y sándalo.

Una mujer de unos cincuenta años, elegantemente vestida, salió del cuarto trasero y sonrió afable. Observó a Joe con atención e, incapaz de ocultar el placer que le producía verlo, exclamó:

—Joe, ¿eres tú?

—Sí, soy yo, Stella —dijo acercándose al mostrador para abrazarla con cariño—. Ya te dije que no te perdería de vista. —Tras esto, se volvió hacia mí y añadió—: Ésta es mi amiga Heather Hurley.

La señora me miró con cierto asombro, que enseguida disimuló con sus buenos modales.

—¿La Heather Hurley de la colección *Los Sueños*? —preguntó con admiración, dirigiéndome una cálida sonrisa.

—La misma —contestó Joe—. ¿Te importa que le enseñe la tienda?

La mujer asintió con la cabeza, y en ese instante me llamó la atención el tintineo de la pulsera de oro que lucía en la muñeca izquierda. ¿La colección *Los Sueños*? ¿Qué significaba aquello? ¿Qué sabía de mí esa mujer? Me intrigaba lo que pudiera estar cociéndose. Joe me tomó de la mano y me llevó frente a un expositor del escaparate.

Y allí, entre caros artículos de bisutería y paquetes de flores secas perfumadas, se exhibía una serie de tarjetas de felicitación con una leyenda que rezaba: «*Los Sueños*, de Heather Hurley.» Atónita al ver mi nombre impreso, cogí con delicadeza una postal y la examiné maravillada, como una madre contempla a su hijo recién nacido.

«Tus besos me envuelven como una bandada de mariposas», se leía. Tomé otra en que aparecía la siguiente frase: «Pensé que era el Sol lo que tan cálidamente me reconfortaba, pero al abrir los ojos advertí que era tu amor.» Leí algunas tarjetas más y descubrí que en ellas se plasmaban sentimientos que recordaba haber consignado hacía años, cuando ansiaba enamorarme y aún creía en el amor.

¿Cómo habían ido a parar ahí? Había empaquetado mis sueños y mis esperanzas junto con mis poemas, mucho tiempo atrás, y los había atado con una cinta azul para arrojarlos al fondo del baúl de mis ilusiones. ¿Cómo había podido suceder? Desconcertada, me volví hacia Joe... y entonces comprendí.

—Espero que no te moleste —dijo con los ojos brillantes de orgullo—. Hablé con un amigo que por casualidad tiene un negocio de tarjetas postales y le mostré tu trabajo. Le entusiasmó. Asegura que existe un auténtico interés por este tipo de cosas. De manera que me compró la serie por un precio muy bueno y de inmediato ordenó a un artista gráfico que se pusiera manos a la obra para ilustrar las cubiertas de las postales. ¿Qué opinas?

—¿Pe-pero cómo ha podido ocurrir todo tan deprisa? Parece i-imposible —tartamudeé.

—Nada es imposible, Heather. Creí habértelo demostrado —observó posando con afecto su mano sobre mi hombro—. Por otra parte, te dije una vez que cuando los engranajes de tus sueños cobran movimiento, pronto se convierten en realidad. ¿Lo recuerdas?

Estaba anonadada. Oía sus palabras, pero a mi mente le costaba captar su sentido. Temí desmayarme porque de súbito se me nubló la vista, pero la presencia de Joe, que irradiaba un poder inexplicable, hizo que me mantuviera en pie. Por otro lado, también me fallaba el oído, pues sólo percibía el tintineo descompasado de la pulsera de Stella.

Joe extrajo un sobre del bolsillo interior de su sempiterna cazadora de motero y me lo tendió.

—Es un cheque de parte de mi amigo, el tipo de las tarjetas postales. Dice que también cobrarás un porcentaje de las ventas.

—Se venden como churros —intervino Stella, al otro lado del mostrador—. Me las quitan de las manos. Espero que sigas escribiendo, Heather. No todo el mundo tiene el don de expresar sus sentimientos de forma tan bella como tú.

Primero miré a Stella, luego volví la vista hacia Joe, incapaz de articular palabra. Parecía mentira que eso estuviera sucediendo. ¿Heather Hurley se dedicaba a algo que requería verdadero talento, es decir, una habilidad intelectual? ¿Llenaba un vacío en las vidas de otras personas?

—¿Y eso qué tiene de sorprendente? —preguntó Joe—. Posees muchas habilidades. No tienes más que creer en ti misma.

—No sé hacerlo —reconocí—. No he tenido ocasión de practicar.

Joe y Stella intercambiaron sonrisas de complicidad.

—Quizás éste sea un buen momento para empezar —sugirió Stella con calma. Salió de detrás del mostrador y se acercó a nosotros. Tomando una postal de la colección, la sostuvo entre sus delicadas manos y, tras darle un golpecito, la observó—. No hay duda de que posees un don especial para poner por escrito tus sentimientos; la prueba, si aún necesitas alguna, es que la gente se siente feliz de pagar por el modo tan bello en que expresas lo que ellos piensan. ¿Cómo es posible que no creas en ti?

—Hace siglos que escribí todo eso —protesté, hipnotizada de nuevo por la fina pulsera que llevaba—. Tal vez he perdido ese poder.

—No, todavía lo tienes —repuso Joe sonriendo—. Para mí, lo dado, no tiene vuelta, sobre todo cuando se trata del talento, de modo que no te quepa duda de que aún lo conservas. Además, he anunciado a mi amigo que tendría otra entrega en los próximos treinta días, así que más te valdrá empezar a creer en ti misma.

De pronto comprendí por qué me sentía tan atraída por la pulsera de Stella. Quedé boquiabierta al advertir que en cada aro había una frase escrita que sospeché formaba parte de un conjunto de mandamientos personales.

Sin pedir permiso, le así la muñeca y separé un aro para leer la inscripción:

«Todos somos maestros. Enseña a tu prójimo qué le reserva el mágico saco negro de la vida.»

Maravillada, miré de soslayo los chispeantes ojos azules de Stella y posé la vista en los cálidos ojos castaños de Joe, y jamás he sentido tanto amor, tanta energía... o tanta confianza en mí misma.

—¿Lo ves, Dorotea? —dijo Joe, y percibí un destello en su mirada—. Después de todo, ese gran saco negro no estaba vacío.

EPÍLOGO

Aquella noche, cuando me dirigía hacia el club, rebosaba de seguridad en mí misma. Había tomado una decisión de proporciones colosales y me disponía a mantenerla hasta el final. Había decidido no dedicarme nunca más a un trabajo que no me satisfaciera. Y conducir hacia el club para recoger mi vestuario e informar a Anthony de mi marcha representaba el primer paso.

Estaba fascinada por el sentimiento de libertad absoluta que experimenté cuando subí a mi pequeño BMW y dejé que el viento despeinara mi cabello, sin preocuparme, por una vez, de mi aspecto. Gocé de ese maravilloso sentimiento todo el camino hasta la autovía 405 y reconocí que, sin duda, me había sentido más atrapada de lo que había estado dispuesta a admitir.

Pero eso había acabado.

Planeaba iniciar una nueva vida. Ignoraba cuánto dinero podría obtener con mi colección de postales de felicitación; sólo tenía claro que debía probar suerte con ellas. «Pintar cuadros mediante palabras» siempre me había gustado, y gracias a Joe había encontrado el modo de procurarme el sustento dedicándome a lo que me gustaba. Además tenía unos ahorrillos debidamente invertidos en un plan de pensiones a los que podría recurrir si era necesario. Asimismo tenía el generoso cheque que el amigo de Joe había abonado por mis poemas.

En efecto, a punto estuve de caer de la silla cuando llegué a casa y leí la cifra que el amigo de Joe había decidido pagar por algo que yo había considerado insignificante. No tenía ni idea de cómo había arreglado las cuestiones legales del contrato y todo eso. Únicamente sabía que no era propio de seres inteligentes poner en duda al universo cuando de pronto te hallas en armonía con él. No quería comportarme como la mujer del atasco que había cedido su derecho a pasar. No necesitaba que me insistieran.

Dejé el coche en el oscuro aparcamiento y ni siquiera me molesté en cerrarlo con llave, pues no pensaba tardar más que unos minutos. Tomé aire y por un instante me regocijé del inmenso placer de saber que no emplearía nunca más mi cuerpo como moneda de cambio.

Mientras me encaminaba hacia las escaleras de la entrada trasera, vi la silueta de una moto, una Harley-Davidson para ser más precisa, en la esquina opuesta del aparcamiento. Me constaba que ninguno de los guardas de seguridad del club tenía una Harley. Anthony, por supuesto, siempre había querido una, pero estaba claro que no era la clase de tío que circula en una Harley. Ni siquiera en sus sueños más delirantes.

De pronto caí. Joe estaba allí. Supongo que debió de pensar que tal vez necesitaría apoyo moral; el contrasentido de la expresión me hizo reír mientras empujaba la pesada puerta negra para entrar.

El lugar estaba desierto y silencioso a excepción de las voces distantes que provenían del personal contratado para preparar el espectáculo de esa noche. Me dirigí hacia mi camerino y empecé a vaciar el contenido de los cajones en las bolsas de plástico que había llevado. Cuando acabé, me las colgué del brazo, salí del local, abrí la portezuela del coche y descargué mi botín en el asiento posterior. Ya sólo quedaba la última tarea. Tenía que entrar por última vez para ver a ese gusano infecto de Anthony y soltarle que ya no volvería a verme el pelo.

De mala gana, empecé a subir por las escaleras traseras, hasta que se me encendió una lucecita y me detuve en seco. ¿Por qué pasaba siempre por las puertas traseras de la vida? ¿Acaso no merecía entrar por las puertas principales como todo el mundo? Decidí que nunca más volvería a utilizar una puerta trasera. Así pues, encogiéndome de hombros, bajé por los escalones y rodeé el edificio... hacia la entrada principal.

Parece mentira que un hecho tan banal, a primera vista, como es la puerta que se atraviesa pueda producir algún efecto, pero así es. Juro que me dominó un impresionante sentimiento de poder en el instante en que determiné que jamás volvería a pasar por una entrada trasera, sino siempre por la principal.

Oí unas notas de piano que se esparcían en el cálido atardecer de verano; sin duda el pianista practicaba para el número de apertura de esa noche. Había oído esa música en numerosas ocasiones, pero sólo en aquel momento me pareció realmente bella. Tal vez influía el hecho de que la oía desde la puerta principal, no desde la posterior. Escuché la melodía unos minutos antes de, con la cabeza bien erguida, abrir la puerta y entrar.

Me resultaba extraño observar el club desde ese otro ángulo. Lo que siempre había considerado rutina y odioso aburrimiento se me antojaba atractivo visto desde el espacio reservado a los clientes. Recorrí la sala con la mirada en busca de Anthony, sin encontrar rastro de él. Por cierto, tampoco vi a Joe, y eso que estaba segura de que la Harley aparcada en la parte trasera era la suya.

Aparte del pianista y el camarero, en el local sólo había unos pocos clientes habituales, sentados a la barra para ir haciendo boca antes del espectáculo. Reconocí a todos, aunque no sabía sus nombres.

El tipo fornido situado al principio de la barra me había pagado en una ocasión doscientos dólares por bailar en su mesa con la espalda pegada a él. El sujeto del medio me había esperado fuera una vez y había intentado convencerme de que una cita con él cambiaría mi vida por completo. El individuo de aspecto severo del fondo era el que había visto la otra noche. Hacía poco que había empezado a frecuentar el club, y su apariencia resultaba casi dramática. Siempre se sentaba solo para emborracharse, pero jamás se había puesto en plan grosero ni había armado escándalo. Y a pesar de que bebía como una esponja, su cuerpo estaba sano y en buena forma, lo que inducía a pensar que su hábito autodestructivo era de reciente adquisición. Distingo a los alcohólicos empedernidos a la legua, y ése era, a todas luces, un novato.

Me acerqué a la barra y saludé a Jimmy, el camarero. Dudo que al principio me reconociera, ya que siempre me había visto subida al escenario, con finos tacones de aguja y trajes seductores que no tenían nada que ver con la camiseta, el pantalón corto y las zapatillas de deporte que llevaba esa noche.

—¿Has visto a Anthony? —pregunté haciendo caso omiso de su sorpresa.

—Sí, está en el despacho con un agente. Saldrá enseguida —informó Jimmy, examinando mi atuendo de persona normal.

—¿Un agente? —repetí un tanto asombrada—. ¿De qué clase? ¿De la brigada anti-droga o del FBI?

Jimmy negó con la cabeza, sonriendo, al tiempo que servía otro Jack Daniel's al borracho novato del fondo.

—Creo que se trata de un representante artístico o algo así —aclaró.

—¿Un representante artístico? ¿Y qué hace un representante artístico en semejante antro? —observé, y pensé que no debería hablar así delante de los clientes. Pero ¿qué importaba ya lo que dijera? En cuanto hubiera terminado con la desagradable papeleta de anunciar a Anthony que me largaba, no volvería a poner los pies en ese lugar. Con la confianza recuperada, añadí—: ¿Quién de este local se cree con el talento suficiente para enviar a un representante?

—¿Y tú me lo preguntas? —contestó Jimmy con otra pregunta—. Dice que es tu representante.

—¿Mi representante? —me burlé—. Debe de tratarse de una broma. Yo no tengo representante.

Acababa de pronunciar estas palabras cuando se abrió la puerta de la oficina y Anthony salió estrechando la mano de Joe. Ambos miraron hacia donde yo me encontraba y parecieron alegrarse de verme.

—Tu representante es un tipo estupendo, Heather —soltó Anthony antes de que yo pudiera preguntar qué demonios estaba haciendo Joe—. No sabía que tuvieras unos gustos tan refinados. Buena suerte con la prueba, ¡ánimo!

¿La prueba? ¿De qué me hablaba? Deseé bombardearles a preguntas mientras observaba cómo se estrechaban de nuevo la mano. Anthony dio una palmada a Joe en la espalda en señal de despedida y desapareció en su despacho.

A continuación vi que un señor muy guapo y bien vestido entraba por la puerta y saludaba a Joe de lejos.

—¡Fred! —exclamó Joe, sonriendo—. En un minuto estoy contigo. Considérate en tu casa.

Tras estas palabras Joe se volvió hacia mí con una amplia sonrisa en los labios.

—¿Qué se está cociendo aquí? —inquirí—. ¿Es que todo el mundo ha perdido el juicio?

—No me extraña que tengas esa impresión —bromeó Joe—. Este amigo, Fred, acaba de abrir una coctelería de lujo en Beverly Hills —explicó—, y está buscando una cantante melódica, alguien con clase que sepa crear ambiente.

—¿Y eso qué tiene que ver conmigo? Más me valía no haber preguntado —añadí, intuyendo la respuesta.

—Bueno, siempre has deseado cantar en una sala de fiestas —me recordó Joe, divertido—. En fin, no es lo mismo que Las Vegas, pero todo es empezar.

Me sentía muy confusa. ¿Esperaban que realizara la prueba allí mismo? ¿Sin material? ¿Sin ensayar? ¿Por qué narices había Joe montado eso? ¿Tal vez temía que el negocio de las felicitaciones no funcionara bien? ¿Acaso había cambiado de opinión al respecto?

Como era natural, me había leído el pensamiento y percibido el desconcierto que se dibujaba en mi rostro. Me pasó el brazo sobre los hombros en un gesto tranquilizador y me estrechó contra sí unos instantes.

—Heather, relájate —susurró sonriente—. El negocio de postales funcionará a las mil maravillas. Cuando se está en armonía con el universo, todo es pan comido. Simplemente se me ocurrió que estas actuaciones aportarían diversión y equilibrio a tu vida, aparte de unos dinerillos extra. Ya sabes, intento asegurarme de que no te aburrirás u obsesionarás con nada.

—En la variedad está el gusto, ¿no es eso? —resumí.

—Más o menos —asintió—. Pero la clave reside en el equilibrio. Hay que procurar no excederse en nada, porque de lo contrario hasta la actividad más placentera puede resultar odiosa al cabo de un tiempo.

Estaba de nuevo fascinada por la cantidad de conceptos profundos que Joe me transmitía.

—¿Cómo me las arreglaré para acordarme de todos los consejos que me has dado? —inquirí, temerosa de tener que confiar únicamente en mi memoria.

—Supuse que lo preguntarías —afirmó Joe cogiendo de encima de la tapa del piano una caja envuelta en papel de regalo para tendérmela—. ¿Sabes?, nuestro tiempo juntos se está agotando —musitó.

—¿Cómo? —exclamé—. Oh no, Joe, no, no. Por favor, no. —Las lágrimas inundaron mis ojos, y dos cayeron sobre la caja que sostenía en las manos.

—Vamos, ábrela, Heather —indicó con ternura—. Te ayudará a comprender.

Compungida, desenvolví el paquete. Contenía una resma de cuartillas de color crema con dibujos celestiales de pájaros que volaban por las alturas y una pluma de oro.

No supe qué decir.

—Léelo —sugirió.

Retiré la cubierta del legajo y reconocí una lista de mandamientos personales, «mis» mandamientos, cada uno impreso en la cabecera de una página:

1. *La angustia y el pánico son amigos que intentan mostrarte el camino mejor.*
2. *Busca sólo lo bueno de las personas y encontrarás la bondad.*
3. *Procura alejar el pasado para dejar sitio al futuro.*
4. *Los acontecimientos no son irreversibles.*
5. *Acepta de buen grado lo que por derecho te corresponde.*

6. *El equilibrio es la clave de una vida llena de satisfacciones.*
7. *Confía en tus muchas habilidades.*

Alcé la vista hacia Joe mientras una lágrima rodaba por mi mejilla. Meneé la cabeza y supliqué:

—Joe, no te vayas. Todavía no estoy preparada.

—Por supuesto que lo estás —aseguró—, pero no lo sabes. Procura confiar en ti, ¿de acuerdo?

—De acuerdo. —Suspiré—. De todos modos te echaré mucho de menos.

Cogió la pluma de mi mano y la sostuvo en alto.

—Esto no es sólo una pluma —afirmó con una sonrisa traviesa—. Ha salido de un saco negro mágico. Cuando quieras hablar conmigo, pon tus pensamientos y sentimientos sobre el papel con esta pluma. A continuación escribe lo que supones sería mi respuesta, y te prometo que me comunicaré contigo a través de esta pluma. Seré yo quien guíe tu mano, te lo aseguro, Heather.

Descargas de escalofríos me recorrían la espalda mientras Joe me hablaba, detalle que no se le escapó.

Miró hacia arriba un segundo, y una amplia sonrisa surgió en sus labios mientras me miraba fijamente a los ojos; el amor que percibí en los suyos me dejó sin habla.

—Los escalofríos son un signo de admiración del universo —explicó—. Cuando los sientas, recuerda que significa que algo importante, cósmico, acaba de producirse.

Al bajar la vista hacia las cuartillas me acordé de algo.

—Joe, ¿y qué significaba el sueño en que volaba?

—inquirí—. ¿Tal vez que mis poemas, o sea, mi negocio de felicitaciones, me dará alas para volar?

—¡Muy bien! —exclamó con orgullo.

—Pero ¿y lo de el beso sobre el papel? ¿Qué significado tenía? —Estaba dispuesta a bombardearle con preguntas antes de que se marchara.

—Que te amo, por supuesto.

Joe me amaba. Resultaba todo tan sencillo y bello... En ese instante comprendí que el resto de preguntas carecía de importancia.

Leyendo mis pensamientos, como siempre, y sonriendo de satisfacción, Joe murmuró:

—Quizás es un buen momento para realizar la prueba.

Ni siquiera estaba nerviosa. No tenía acompañamiento, no había ensayado, y no sabía ni qué cantar, pero al menos estaba segura de que Joe nunca me abandonaría, que siempre se ocultaba un regalo en el fondo de todo cuanto me sucedía.

Tal vez no siempre acertaría a descubrirlo, pero tarde o temprano, acabaría por hallarlo.

—¿Por qué no cantas ese bonito tema que te ha salido tan bien esta mañana? —sugirió Joe—. Ya sabes a cuál me refiero, esa canción con letra de tu propia cosecha.

Dicho esto, me besó en la frente, se dirigió hacia la barra y tomó asiento junto al alcohólico en ciernes. Sospecho que quería verme desde cierta distancia; una distancia que, suponía, se acrecentaría más y más hasta que, al final, mi único contacto con él fuera a través de mis palabras escritas.

Sonaron unos acordes de piano, y me volví hacia Fred para dirigirle una de las sonrisas más auténticas que esbozaba en mucho tiempo. Tomé el micro al tiempo que rebuscaba en algún lugar inexplorado de mi ser la voz de la pasión que siempre había sentido adormecida en mi interior, a la espera de ser despertada.

Tenía la certeza de que ésa sería la última vez que vería a Joe en esta vida y que las palabras de la canción serían las últimas que pronunciaría en su presencia. Por estúpido que parezca, deseaba dedicarle el tema. Quería demostrarle de algún modo que había cambiado mi vida y que había aprendido bien sus enseñanzas. Consideraba esencial ofrecerle una muestra de lo mucho que me había enseñado y lo mucho que siempre significaría para mí.

Hablé con suavidad a través del micrófono, conteniendo unas lágrimas que pugnaban por brotar y ser enjugadas, una última vez, por sus cálidas manos.

—Esta canción va dedicada a todos aquellos que hemos tomado la determinación de no pasar nunca más por la puerta de atrás —anuncié por encima de la música del piano, que me daba la entrada, sin permitirme pensar, de modo que improvisé una estrofa sobre la marcha:

Tengo un amigo que asegura que voy por el
camino,
por mucho que yo le digo que ése es mi destino.
Pero voy a ofrecerle la ocasión,
de que me explique la razón.

El piano desgranaba sus notas, y a pesar de que apenas si podía distinguir los rostros de los presentes, deslumbrada por los focos, sentí la sonrisa cálida y aprobadora de Joe. Advertí que charlaba con el borracho novato y de pronto comprendí que él era el siguiente de la lista. No me importaba, puesto que sabía que Joe siempre estaría escuchándome.

Para encontrar su amor en todas partes busqué.
Él es el gran amigo con quien siempre soñé,
él, el hombre a quien entrego mi corazón.

Mi voz sonaba tan suave que apenas si la reconocía. Las palabras brotaban fluidas de alguna fuente de creatividad de mi cerebro, y los sentimientos manaban del fondo de mi alma y avivaban el amor que ardía en mi corazón. Al fin comprendí el poder del arte y la creatividad, y la inmensa satisfacción de exhibir nuestro talento al mundo.

Lo mejor de todo era que no esperaba ni deseaba obtener nada a cambio.

Observé que empezaban a llegar más clientes, los cuales permanecían callados en el umbral de la puerta, oyéndome cantar. Si alguno me había reconocido como la Heather Hurley del *strip-tease*, no había dado muestras de ello.

Continué cantando y me preparaba para la estrofa final cuando desvié la mirada hacia donde Joe había estado sentado. No me sorprendió descubrir que su taburete y el contiguo estaban vacíos; sabía muy bien dónde había ido y qué estaba haciendo. Sin duda había subido a su Harley con la intención de salvar otra alma perdida, con toda probabilidad la del tipo junto al cual se había sentado en el bar.

Oí el distante rugido del motor de su máquina en el aparcamiento trasero, y de nuevo me estremecí. El universo me había enviado otro signo de admiración, y apliqué el entusiasmo que experimenté a cubrir con mi potente voz el retumbar de la moto que arrancaba.

Aunque algunos dicen que es altivo,
lo cierto es que me ha mostrado el camino.
No le digáis que mi amor es un frenesí,
que siento
que la esperanza regresa a mí,
cuando cura mis heridas así.

Unos pocos clientes empezaron a aplaudir; poco a poco sus aplausos se propagaron como un incendio. Sonriente, expresé mi agradecimiento a los presentes, deposité el micro sobre el piano y me acerqué a Fred.

—Estás contratada —fue todo cuanto dijo.

Y advertí que también a él se le erizaba la piel de los brazos.

Dios en una Harley: El regreso

Uno

A las cuatro y media de la madrugada, me levanté de la cama y me vestí apresuradamente en la oscuridad. En fin, si es que a eso se le puede llamar vestirse. De hecho, alargué el brazo para agarrar el sujetador, me lo abroché en la cintura y luego me lo subí y pasé los brazos por los tirantes. Todo sin quitarme la enorme camiseta turquesa con la que dormía. Después me embutí en unos pantalones cortos de deporte, de esos elásticos, mientras metía los pies en un par de sandalias antediluvianas, que ya se habían amoldado a mis juanetes.

Eché una rápida mirada a la amodorrada masa de extremidades y pelo alborotado que era mi marido (aunque yo no debería hablar demasiado). El ojo inexperto podría creerlo casi en estado vegetal, pero yo sabía por años de experiencia que hasta la más ligera llamada de los niños le hacía saltar de la cama disparado. Es bueno para eso.

Me cepillé los dientes a la tenue luz de las farolas de la calle, que se filtraba por la ventana del cuarto de baño. Después busqué a tientas un bote de crema hidratante y me unté una fina capa en la cara. Con las llaves bien agarradas para que no hicieran ruido, me dirigí de puntillas hacia el portal, sorteé a la perra todavía dormida y salí a la bochornosa y húmeda mañana de Nueva Jersey.

Silenciosamente, pasé junto a la camioneta de Jim, de principios de los ochenta, y me fijé en que estaba aparcada en un ángulo algo raro. Miré por la ventana de atrás y vi que no había descargado los instrumentos musicales después del concierto de la noche anterior en el Harold's. Eso sólo podía significar dos cosas: que había llegado a casa mucho más tarde de lo normal y demasiado cansado para descargar el equipo o que se había tomado unas cuantas copas con los chicos después de cerrar.

Probablemente ambas cosas.

Como de costumbre, la noche anterior yo había aparcado mi Toyota junto al bordillo, lo más lejos posible de la caja de cerillas que teníamos por casa. Siempre me levanto temprano para hacer la compra en los supermercados que están abiertos toda la noche y no quiero que el ruido del viejo motor despierte a los niños. Joey tiene nueve años y Gracie, siete, y para su edad tienen el sueño sorprendentemente ligero.

Giré la llave en el contacto y automáticamente apagué la radio. A buen seguro, ése sería el único momento durante las próximas veinticuatro horas en el que tendría garantizada una absoluta soledad, y mi intención era disfrutar de cada uno de sus segundos. Nunca pensé que llegaría el día en que me gustaría hacer la compra en plena noche, pero esta extraña rutina se había ido convirtiendo con los años en un ritual sagrado para mí, una especie de cita conmigo misma.

Me recogí el pelo con una goma y partí hacia las calles todavía desiertas y oscuras. En lo alto de la colina doblé a la derecha a la altura de una señal que decía: «Vuelva pronto a Neptune City», y que siempre me ha hecho gracia, porque a sólo unas cuantas manzanas hay otra en la que se lee: «Bienvenido a Neptune City.» Como en muchas de las pequeñas localidades costeras que se extienden a lo largo de la costa de Jersey, si estornudas un par de veces mientras conduces, puedes atravesar literalmente toda una población sin ni siquiera enterarte.

Las minúsculas poblaciones que bordean la costa son como las piezas de un complicado rompecabezas. El litoral de Jersey a menudo pasa desapercibido bajo la sombra gigantesca y algo opresiva de las tres grandes ciudades que lo rodean: Filadelfia al oeste, Nueva York al norte y Atlantic City al sur, por no mencionar la capital de la nación, un poco más al sur. Yo siempre he creído que para llegar a percibir realmente los matices que ofrece esta zona tan hermosa y pintoresca, se requiere cierto grado de sofisticación. Por ejemplo, la mayor parte de la población del cercano municipio de Ocean Grove está compuesta por ancianos; de ahí que la llamen «Ocean Grave».* Sin embargo, aunque muchas de esas poblaciones tengan nombres estrafalarios, no hay nada

* Tumba oceánica. *(N. de la T.)*

vulgar en el modo en que el sol asoma su ardiente cabeza por el horizonte en Avon-by-the-Sea, o en la forma en que la luna proyecta un camino plateado sobre el agua en Bradley Beach, o en cómo las estrellas decoran el cielo, claro y sin contaminar, de Neptune City.

Éstos son los pensamientos que me pasaban por la cabeza mientras conducía sin prisas hacia las brillantes luces de nuestro magnífico supermercado recién abierto, el Shop-Well. A pesar del crónico y grave estado de falta de sueño en el que vivo, esa hora de la madrugada parece despertar una faceta tímida y reservada de mi alma. Disponer de un rato para pensar es como tener el mundo para mí sola. A esta hora, el día todavía es un recién nacido, cargado de paz, promesas y potencial: de todas esas cosas que recuerdo que sentía hace un millón de años, cuando era joven y soltera.

Tenía treinta y ocho años cuando me casé, no era ninguna niña, así que sé muy bien que mi vida era distinta al frenesí que ahora comparto con Jim y los niños. Pero parece que no puedo recordar gran cosa de entonces. El matrimonio y la maternidad han acelerado vertiginosamente el discurrir de mis días hasta el punto de que mi vida se ha convertido en una locura de actividad.

Creedme si os digo que, durante esos primeros treinta y ocho años de mi existencia, me pasaron un montón de cosas interesantes; cosas sobre las que no he hablado con nadie. Lo poco que todavía recuerdo me parece casi surrealista, como si se tratara de un sueño vagamente familiar. A veces me pregunto si todo aquello llegó a suceder de verdad.

En aquel entonces, pasé por un largo y doloroso período de citas con hombres de todo tipo (la mayoría del tipo equivocado) antes de acabar tropezando con Jim MaGuire, un músico prometedor muy popular en la zona. Había comprado el único CD que ha grabado cuando lo oí una noche en una tienda de música cercana a la playa. Me había quedado sorprendida y profundamente impresionada por su belleza. Aunque hasta entonces no había oído hablar de Jim MaGuire, me sentí instantáneamente atraída hacia él por su música, como una paloma mensajera que, de repente, se encuentra cerca de su destino final.

En aquella época, yo hacía el turno de tres a once en el Centro Médico Metropolitano y vivía en una romántica casita de playa alquilada. Me había apuntado a la filosofía del «menos es más» y no tenía mucho de nada. Tal como lo veía, cualquier cosa que no cupiera en el asiento trasero de mi coche no era más que un estorbo. Por increíble que parezca, en aquellos tiempos ni siquiera tenía despertador. Me decía que si no era capaz de levantarme a tiempo para llegar a mi turno a las tres, es que tenía problemas mucho más serios que un estilo de vida minimalista. La palabra «responsabilidad» sólo significaba algo durante la semana laboral de treinta y dos horas que había escogido. Era completamente ajena a conceptos como hipoteca, aparatos dentales y fondos para la universidad; temas que han acabado por consumirme.

Alrededor de media noche solía dejarme caer por

un antro llamado The Cave, donde Jim solía amenizar la noche con su saxofón. Me enamoré de la música de Jim mucho antes de conocernos, lo cual en aquel momento consideré muy buena señal. Quiero decir que la música sale de algún lugar del alma, así que en cierto modo, me imaginé que el alma de Jim llamaba a la mía con su música, y todo parecía ser perfecto. No quiero parecer cursi, pero cuando el sacerdote nos declaró marido y mujer, un escalofrío me recorrió la espalda, porque sentí la increíble sensación de que Dios mismo había bendecido nuestro matrimonio.

Tras convertirme oficialmente en la señora de James MaGuire, pensé que lo peor ya había pasado. Me avergüenza admitirlo, pero supongo que di por sentado que una vez casada con el hombre al que amaba todo iría bien. Estaba convencida de que haber encontrado por fin a mi alma gemela sería la clave del éxito de mi matrimonio. Una vez superado aquel obstáculo, creí ingenuamente que todos los demás componentes de nuestra relación (cosas como el trabajo, el dinero y la familia) irían encajando por sí solos en un colage enorme y feliz. Entonces no sabía que encontrar a tu media naranja es sólo una pequeña parte de lo que hace funcionar una relación. Yo había creído ciegamente que el amor romántico era la respuesta a absolutamente todo, y que estar casada significaba que jamás volvería a estar sola.

Qué equivocada estaba.

La carrera de Jim no terminó de despegar del modo en que habían pronosticado los entendidos en música que corrían por la costa. El público, amante inconstante, fue desplazando su atención hacia los roqueros más jóvenes que crecían a la sombra de Jim. Aunque él sostenía que nunca había compartido esas grandiosas expectativas de éxito y fortuna, yo noté un cambio sutil, casi insignificante, en la conducta de mi marido. Observé que algo se apagaba en su mirada cuando se unió a una banda local y empezó a tocar en cualquier sitio que conseguía.

Hacia el final de nuestro primer año de casados, noté que la desilusión iba erosionando la confianza de Jim en sí mismo y amenazaba con arrebatarle su talento artístico. Oía su desencanto en las notas que salían de su saxo; lo notaba en sus dedos cuando me tocaba de formas que antaño me habían hecho temblar; lo saboreaba en los templados besos, que se habían vuelto tan mediocres como su música.

Jim me acusó una vez de interponer un fino velo entre nosotros, un velo que ningún hombre, ni siquiera un marido, podía penetrar. Al principio, discrepé; quise convencerme de que no era cierto. Sin embargo, creo que tengo que admitir que oculto una pequeña parte de mí. Es la única parte que me pertenece por completo, casi como el latido de mi corazón, y temo que si la expongo a los caprichos de otro ser humano, podría morir. Quizás eso también fuera parte del problema.

Al mirar atrás y repasar todos estos años, debo confesar que el lenguaje está en la base de nuestros problemas. Jim habla la lengua de la autoexpresión, de los instrumentos musicales y de la libertad artística, mientras que yo sólo entiendo la jerga de la responsabilidad, la productividad y las consecuencias. Supongo que, inevitablemente, nos fuimos convirtiendo en dos extraños en ese territorio al que llamamos «nosotros», cada uno hablando en su propio dialecto sin que ninguno de los dos lograra ninguna comunicación significativa con el otro.

Al final, y sin hablarlo demasiado, Jim comenzó a contribuir a nuestros ingresos dando clases particulares de música a niños de la rica población vecina de Spring Lake. Más o menos por aquel entonces di a luz a Joey, pero la llegada de nuestro vigoroso y saludable hijo tampoco contribuyó demasiado a elevar los ánimos de aquel extraño tan familiar con el que estaba casada.

Supongo que la cruda prueba de que nuestra relación estaba agonizando llegó dos años después, durante las semanas agotadoras y grises que siguieron al nacimiento de Gracie. Entonces se hizo palpable que, aunque habíamos acordado que me dedicaría exclusivamente a la maternidad, había que hacer algo para mejorar nuestra precaria economía. Ese «algo» acabó siendo el regreso a mi puesto de enfermera a tiempo completo en el Centro Médico Metropolitano. A las seis semanas escasas de dar a luz, volví a rastras al trabajo, todavía hinchada, dolorida y amamantando a mi hija.

Entré en el turno de día de la unidad de ortopedia, también conocida como «cementerio de elefantes», donde trabajo desde entonces. En esta unidad siempre hay puestos vacantes, porque conlleva uno de los tipos de enfermería menos atractivos que existen: el trabajo agotador de levantar y dar la vuelta a pacientes ancianos con la cadera rota. Allí es donde las enfermeras se ganan los juanetes y los dolores de espalda, y yo he conseguido ambos ya hace tiempo. A los cuarenta y uno, pensaba que era demasiado vieja para ese trabajo, pero sabía que no me quedaba otra opción.

Supongo que me convertí en enfermera de la misma forma que me convertí en madre: simplemente parecía lo más natural. Sentía que era lo que se esperaba de mí y jamás lo cuestioné, al menos no hasta que me di cuenta de que tendría que compatibilizar ambas cosas. Con toda sinceridad, creo que fue entonces cuando en algún oscuro recoveco empezaron a nacer las primeras semillas de resentimiento.

A altas horas de la noche, iba de arriba abajo con una niña berreando porque tenía cólicos, mientras Jim tocaba con su banda, supuestamente, para ganarse la vida. La idea que Jim tenía del trabajo era tocar la música que le gustaba y dejarse adular por un público de chicas jóvenes e idealistas, que soñaban con cazar a una «estrella del rock».

Como hacía yo en mis tiempos.

Miraba el reloj continuamente, contando los minutos, hasta que él llegaba a casa. En cuanto entraba por la puerta, le pasaba la niña y así podía derrumbarme en la cama para disfrutar de un descanso más que merecido antes de levantarme a las cuatro y media y volver a empezar de nuevo.

Gracie siempre se calmaba enseguida en los brazos de su padre y, por alguna razón, aquello me molestaba profundamente. Pronto sentía cómo el colchón se hundía del lado de Jim cuando él se metía en la cama y caía inmediatamente en un sueño tranquilo y apacible, mientras yo seguía allí despierta, nerviosa y alterada. Creo que fue entonces cuando me di cuenta de que la pasión se había evaporado de nuestro matrimonio y yo no sabía dónde había ido a parar. Lo único que sabía era que me sentía triste, cansada y abandonada. El fuego de nuestra relación se había apagado y me planteaba si tendría o no la energía o la voluntad suficiente para avivarlo.

Ya hace siete años que las cosas van así. No nos peleamos. Bueno, no demasiado. Simplemente parece que hemos creado un sistema que los libros de biología seguramente calificarían de «simbiótico». El caso es que sobrevivimos económicamente, y los niños parecen ajenos al hecho de que sus padres van por la vida con una enorme herida abierta en el pecho, allá donde tenían el corazón.

Y allí estaba yo de nuevo, preparada para recorrer los pasillos del supermercado nocturno como una leona madre a la caza del desayuno para sus crías. Hay algo instintivo, casi primitivo, que se despierta en mi interior en cuanto entro en el aparcamiento del Shop-Well y repaso mentalmente la lista de productos que Jim y mis pequeños necesitarán por la mañana.

Como las compañeras y las madres de la mayoría de las especies, dejo mis necesidades para el final de la lista con el objetivo de abastecer primero a mi familia. Si se me olvida algo o si estoy demasiado hecha polvo para acabar la compra, al menos, me quedo tranquila sabiendo que no seré yo quien protagonice una rabieta ni derrame una lágrima de decepción por haber olvidado un par de medias o una caja de tampones. Por alguna razón, esa seguridad me hace sentir mucho más tranquila.

Doblé a la izquierda para entrar en el aparcamiento y pasé despacio por delante de las plazas de minusválidos y de las motos que estaban aparcadas delante de la gran entrada del supermercado. Una ola de nostalgia me tomó por sorpresa y me golpeó con fuerza. Jim tenía una moto, una Harley-Davidson, de hecho. Como si acabara de darle el pie para su entrada en escena, reparé en un hombre de pelo largo que embutía una bolsa de comida en la cartera de piel de su moto. Satisfecho por tener su compra en lugar seguro, se colocó el casco y puso en marcha el poderoso motor de aquella preciosa máquina. Su novia trepó detrás de él y deslizó sus brazos jóvenes y torneados alrededor de la cintura dura y musculosa del hombre. Él dio gas y ella se agarró con fuerza mientras se alejaban por la carretera como un animal salvaje, agazapado a punto de atacar. Sentí un estremecimiento. «Ésa era yo», pensé con melancolía. Hace un millón de años y con diez kilos menos, pero ésos éramos Jim y yo.

Un recuerdo poderoso flotó ante mí como un perfume seductor que me reanimó y me puso alerta, pero después se disolvió en el aire húmedo, cálido e inmóvil. Por un maravilloso y efímero momento, recordé cómo era sentirse en forma, guapa, descansada e ilusionada por la vida. ¿Cómo había podido perder aquella sensación? ¿Dónde se había escondido? Además, como seguramente nunca dispondría del tiempo ni el dinero necesarios para ir de nuevo a un gimnasio, ¿sería posible recuperar el optimismo y la sensación de bienestar? Llegué a la conclusión de que, como con tantos otros cambios en mi vida, tendría que tratar de aceptar mi envejecimiento físico con cierta dignidad.

Suspiré profundamente y aparqué mi viejo y cansado Toyota en un hueco cercano al guardia de seguridad flacucho que vigilaba la entrada principal del establecimiento. Por alguna razón, aparcar tan cerca de la zona iluminada de la entrada siempre me da una sensación de seguridad, aunque lo más probable es que se trate de una falsa seguridad. Seamos realistas, si alguien me atacara, no podría esperar que el desarmado adolescente, recién salido de la pubertad y a quien pagaban el sueldo mínimo por llevar un uniforme azul, se pusiera en peligro por mí. De hecho, suponía que mi instinto maternal afloraría de repente y sería yo la que acabara defendiéndole a él.

Bajé del coche de un salto, lo cerré y me dirigí hacia el supermercado. Llegué a la conclusión de que había sido enfermera y madre durante demasiado tiempo.

Me crucé con otra pareja que salía del supermercado, empujando un carro de la compra entre los dos. Su conversación era animada y llena de risas, y me pregunté que podía resultar tan divertido a aquellas horas intempestivas. El hombre abrió el maletero, metió unas cuantas bolsas dentro y fue a abrirle la puerta a la mujer.

Me acordé de cuando los hombres hacían lo mismo por mí.

Continué hacia las puertas automáticas, que se abrieron obedientemente al acercarme. Entonces se me ocurrió que en adelante ése era el único tipo de puerta que se iba a abrir por mí.

Mientras la cédula electrónica esperaba educadamente a que entrara, capté la imagen de una mujer de mediana edad, poco atractiva y con algo de sobrepeso que permanecía de pie en la entrada y, con horror, descubrí que era yo.

Medio atontada, saqué un carro de la fila que había justo antes de cruzar las puertas y lo empujé hacia dentro. Seguro que ese reflejo había sido simplemente una distorsión. Me dije a mí misma que probablemente el cristal barato de las puertas tendría algún defecto.

Me acerqué a las zanahorias y las lechugas envasadas, que se alineaban en las estanterías del pasillo de productos agrícolas. Aparté unos cuantos envases y lancé una mirada furtiva al espejo frío y sucio que se hallaba detrás. Se me heló el corazón. No había duda: la misma mujer desaliñada y cansada que había visto en las puertas me devolvió la mirada desde allí.

No pude evitar romper a llorar en medio del pasillo de las verduras..., en medio de la noche..., en medio de mi vida.

Dos

Me recompuse, justo a tiempo de fingir un resfriado ante un muchacho del supermercado que doblaba la esquina y se me acercaba lentamente empujando una fregona. Como para probar mi inocencia, puse en práctica un gran truco sólo conocido por las madres, y saqué un pañuelo de papel aparentemente de la nada. Con énfasis exagerado, me soné la nariz como si padeciera algún extraño tipo de gripe veraniega.

—El paracetamol y los expectorantes están en el pasillo dieciséis —ofreció el joven empleado, sonriéndome con simpatía.

—Gracias. Es justo hacia donde iba —mentí.

Obligada a mantener la mentira, giré el carrito en la dirección del pasillo de «gripes y resfriados», contenta de que mi actuación hubiera sido lo bastante convincente para engañar a un muchacho de dieciséis años. Pero ¿y si no hubiera podido reaccionar a tiempo? ¿Qué hubiera ocurrido si me hubiera quedado allí sollozando como la mujer de mediana edad, destrozada, exhausta y con un ataque de llanto en la que me había convertido? ¿Qué habría pasado? ¿El sentido del deber de aquel joven empleado le hubiera llevado a llamar a Emergencia? Ya me imaginaba diciéndole a la operadora que una mujer de aspecto desaliñado estaba sufriendo un ataque de nervios en el pasillo de las hortalizas, entre zanahorias, perejil y espinacas.

Ahí estaba yo, una mujer de cuarenta y ocho años, completamente desilusionada con su trabajo, su matrimonio y, lo peor de todo, consigo misma. Todavía recuerdo que una vez elaboré una lista de los tres mayores problemas de mi vida, que eran: los hombres, el peso y el trabajo. De eso hacía unos doce años, y lo triste del caso es que la lista continuaba siendo idéntica, salvo por la adición de un importante cuarto tema: la falta de tiempo.

Caminé penosamente sobre el suelo de linóleo del Shop-Well, examinando mi estado de ánimo e intentado encontrarle algún sentido. Con abyecta determinación, decidí revisar otra vez la lista, empezando por el trabajo.

La verdad es que sentía que me habían forzado hacia una carrera que se había visto drástica y catastróficamente modificada con la llegada del nuevo sistema sanitario o, como yo prefería llamarlo, la «cinta transportadora de la medicina». En mi opinión, no era sólo que el sistema sanitario hubiera eliminado la esencia misma de la profesión de enfermera, sino que el trabajo también requería la energía mental y física propia de una persona con la mitad de mi edad (y que de paso corra maratones). Siendo realista, ¿cuánto tiempo más podría mantener ese ritmo?

Además, estaba el problema añadido de saber que en el momento en que mostrara signos de debilidad, habría una joven enfermera del tercer mundo, llena de ambición, esperando para quitarme el puesto... por un sueldo menor. Visto así, casi tiene gracia. La misma situación que hace que me sienta usada y explotada hará que alguna enfermera inmigrante y pobre se sienta más afortunada de lo que hubiera podido soñar. El Centro Médico Metropolitano lo sabe.

Y luego está lo de mi peso siempre fluctuante. En realidad, ya no fluctúa, se limita a ir aumentando progresivamente. Odio tener que usar la vieja justificación del embarazo, pero es indiscutible que, después de dar a luz dos veces a una edad más bien madura, mi metabolismo se ha vuelto contra mí. No es que nunca hayamos sido demasiado amigos, pero, por lo menos, antes de convertirme en una madre madurita, me resultaba más fácil perder unos kilitos. Por supuesto, llevar a los niños a McDonald's entre actividad extraescolar y actividad extraescolar, y comer en la cafetería del trabajo tampoco es que me haya ayudado demasiado. A veces, la comida es mi único consuelo, especialmente cuando estoy cansada, y eso siempre es así.

Evito mirar fotos mías de cuando estaba delgada y en forma, lo que significa que nuestro álbum de bodas está confinado en alguna parte lejos de mi vista, probablemente en el garaje o en el desván. No estoy segura de dónde, pero me da exactamente lo mismo. Y es que estos kilos de más no son sólo deprimentes, también son totalmente vergonzosos.

Creo que Jim ha entendido de una vez por todas que mi peso es un tema de conversación prohibido. Sabe lo sensible que soy al asunto y, con muy buen criterio, nunca lo menciona. Pero por supuesto, también hace un siglo que no me toca. Lo que más me asusta es que para mí es como una especie de alivio. En algún punto del camino, Jim sufrió una metamorfosis y pasó de ser un marido a ser «alguien importante», término que acabo de aprender a valorar recientemente.

¿Cómo ocurrió? ¿Cómo hemos llegado Jim y yo a distanciarnos tan irremediablemente? De algún modo, supongo que era inevitable que nuestro matrimonio se estropeara. Después de todo, ¿cuál es la tasa de divorcio en nuestros días? Un cincuenta por ciento, ¿no? Así que supongo que no tendría que sorprenderme tanto que las cosas no hayan ido tal como yo las había soñado hace diez años, cuando me casé. Hasta entonces, me había imaginado la vida de casada como un caudaloso río de amor, pasión y felicidad. Yo no tenía ni idea de que el río acabaría desembocando en un océano de cansancio, obesidad y resentimiento.

Recordaba que cuando era soltera, mis amigas casadas siempre ensalzaban las virtudes del matrimonio, como si se tratara de un club secreto al que yo debiera querer unirme. Me preguntaba si todo aquello había sido una enorme farsa, porque, hoy por hoy, no conozco a ningún matrimonio que crea que es feliz de verdad.

Sacudiendo la cabeza con muda resignación, seguí avanzando por el pasillo de los melones y las ciruelas.

Decidí que la vida es conseguir llegar a fin de mes, mantener la casa y la familia dentro de un orden y hacer la compra de noche. Amén. Fin de la historia.

Sorbiéndome las lágrimas, dejé atrás las montañas de patatas y plátanos perfectamente construidas, sin dejar de preguntarme qué me estaba pasando. ¿Por qué iba por la vida con los nervios a flor de piel? Años de trabajo en hospitales me habían demostrado, sin lugar a dudas, que había montones de gente que soportaba problemas mucho más graves que mi fatiga crónica y mi matrimonio deteriorado, y sin embargo, no veía a nadie más paseándose por el supermercado con lágrimas en los ojos.

Aunque, quizá, fuera que nunca había mirado bien.

Con esos pensamientos, escudriñé mi entorno y, aunque sea duro, tengo que admitir que hasta me sentía inadecuada en un ambiente como aquél. Localicé a una mujer exageradamente obesa que tomaba una barra de chocolate tamaño familiar de la estantería de dulces y la escondía rápidamente entre los artículos «sanos» del carro cuando vio que la miraba, como si yo tuviera derecho a decir algo sobre la adicción a los dulces. Seguí avanzando y vi a una pareja de jóvenes tatuados y de aspecto descuidado al final del pasillo del pan. Ajenos a la mujer mayor que escogía entre las barras de pan, justo a su lado, los jóvenes se abrazaban y actuaban como si estuvieran en un parque oscuro y romántico.

Pensé que las magdalenas de mi lista podían esperar.

Decididamente, hay algo en aquellas horas de la

madrugada que aporta un elemento ecléctico al supermercado. Los clientes suelen ser de los que se mueven a contracorriente de la sociedad. A veces juego a adivinar las enfermedades latentes que plagan las diversas vidas de estos compradores nocturnos: esquizofrenia, alcoholemia, drogoadicción, soledad, diabetes, depresión y cosas así. Parece que nunca dejo de ser enfermera. Me gustaría parar de hacer eso, pero la fuerza de la costumbre me impide resistir la imperiosa necesidad de evaluar y tratar los problemas de todo el mundo (excepto los míos, claro).

Como colofón vi a dos chicas en minifalda y con botas de piel examinando el pasillo de «productos femeninos». Se veía de una hora lejos que iban colocadas, pero aquella vez me sorprendió una repentina sensación de envidia. «Qué bonito debe de ser evadirse y escapar de las realidades de la vida», pensé. Sin embargo, casi a la vez, Christine Moore MaGuire, enfermera y madre de dos hijos, emergió del rincón más profundo y disciplinado de mi mente para hacerme entrar en razón y me obligó a continuar mi excursión por los pasillos.

Aparte de la absurdidad de la hora y las excentricidades de la clientela, el único problema real de hacer la compra de noche es que no tienes acceso a ciertos productos. El establecimiento aprovecha la tranquilidad para rellenar las estanterías y suele cerrar grandes áreas para ello. Eso obliga a clientes atrevidos y a veces desesperados como yo a escurrirse entre conos y superar varias barricadas para alcanzar los productos que necesitan.

Me tranquilizó ver que la sección de «ayudas a la digestión» todavía estaba abierta, aunque había un montón de cajas de cartón apiladas delante de los productos. Entré con el carro y comencé a buscar un antiácido. No era para mí, sino para la perra. Sí, para la perra. Tiene problemas intestinales, y, aunque la medicina es cara y yo soy la única que se acuerda de dársela, he aprendido de la peor manera que no puedo olvidar administrarle su dosis.

Eso me recordó que necesitaba quitamanchas para las moquetas.

Me saqué el omnipresente lápiz de detrás de la oreja y añadí «quitamanchas» a la lista. Entonces me ocurrió algo curioso. Tuve la sensación inequívoca de que había alguien detrás de mí. Me volví, pero no vi a nadie. Me encogí de hombros, agarré la botella de antiácido y la metí en el carro. De nuevo, se produjo la extraña sensación de que alguien invadía mi espacio y, esta vez, llegué a pensar que había oído pasos, pero cuando me volví, el pasillo estaba desierto por completo.

Me pareció muy raro, porque Jim siempre me decía que era la persona menos observadora que conocía, y debo admitir que seguramente tiene razón. Normalmente, estoy tan concentrada en lo que estoy haciendo que adquiero una especie de visión de túnel. Una vez, Jim llegó a casa con un ojo morado como consecuencia de una pelea que había comenzado mientras él tocaba con su banda. A la mañana siguiente, pasaron tres horas antes de que reparara en el morado que tenía debajo del ojo derecho.

¿Era posible entonces que notara algo que no estaba allí? No tenía sentido. Entonces se me ocurrió una terrible idea. En una reciente sesión de seguridad personal que nos habían dado en el hospital, un detective de Bradley Beach nos instruyó sobre las agresiones sexuales y nos explicó que las enfermeras a menudo son blanco de ese tipo de delitos. Dijo que nuestra tendencia a ayudar y educar solía hacernos vulnerables a esa clase de ataques. Me planteé si estaba enviando algún tipo de «onda de enfermera» hacia cualquier chalado que pudiera estar al acecho en aquellos pasillos desiertos. O eso, o estaba más cerca de la locura de lo que pensaba.

No tenía tiempo para ataques de nervios, así que volví a examinar las estanterías. Me acordé de que la oreja izquierda de la perra volvía a oler raro y pensé que, sin ninguna duda, sería otra infección de hongos. Me imaginé otra visita al veterinario, que simplemente no me podía permitir, y traté de dar con un remedio casero eficaz. De repente, vi un tubo de crema vaginal fungicida en el siguiente estante. Convencida de que un hongo es un hongo, estaba a punto de dejar caer el tubo en el carro cuando un golpe seco al final del pasillo me heló la sangre y me paralizó momentáneamente.

Cuando me atreví a mirar, vi a un anciano tendido en el suelo, cerca de la caja, con los brazos y las piernas extendidos. Un pequeño grupo de espectadores atónitos se había congregado alrededor del hombre, que permanecía inmóvil y sin dar señales de vida sobre el suelo de linóleo recién fregado. Casi con una curiosidad morbosa, los espectadores observaban su rostro cetrino como si esperaran algún tipo de recuperación espontánea y milagrosa. Entonces una mujer frágil y presa del pánico se dejó caer de rodillas al lado del hombre. Le tomó una de las manos abotargadas entre las suyas y comenzó a alternar gritos al hombre para que se levantara y al grupo de gente para que alguien la ayudara.

—Soy enfermera —me oí anunciar, mientras me abría paso entre el grupo de mirones. Me arrodillé al lado de la mujer histérica, que ya estaba inclinada sobre el cuerpo del hombre—. ¿Cómo se llama? —pregunté, poniéndole los dedos en el cuello para encontrar el pulso carótido.

—Harry —espetó la mujercilla arrugada, apartándose de él—. Es mi Harry.

Agarré al viejo Harry por los hombros y lo sacudí con fuerza.

—¡Harry! ¡Harry! ¿Está bien? —grité, tal como indican los libros de primeros auxilios y, por primera vez en la vida, no me sentí ridícula. Aquello no era una sesión de prácticas con un maniquí de plástico llamado «Annie»; aquello era real.

Harry no respondió y su pulso tampoco. Puse la oreja cerca de la nariz y la boca, y observé si el pecho mostraba algún signo de respiración. Nada.

—Bien. ¡Que alguien llame a una ambulancia! —grité a varios pares de zapatos que ocupaban mi campo de visión. Sabía que tenía que insuflarle dos bocanadas rápidas de aire antes de comenzar las compresiones en el pecho, pero cuando miré los labios azules y sin vida, con saliva emergiendo de ellos, vacilé.

Por alguna estúpida razón, distinguí unas zapatillas blancas de deporte de la marca Nike entre todas las sandalias y zuecos que me rodeaban. Señalé las Nike blancas con una mano, mientras le desabrochaba el cuello de la camisa a Harry con la otra.

—Tú. ¡Tráeme una gasa! —le pedí, sin dignarme a mirarlo a la cara—. Están en el pasillo dieciséis. ¡Rápido!

Las zapatillas no se movieron.

—No creo que tenga que preocuparse por un poco de saliva —dijo con calma el propietario de las Nike—. Conozco a ese hombre y no padece ninguna enfermedad contagiosa.

¡No podía creer lo que estaba oyendo! Hubiera querido hacer trizas a ese tipo con algún comentario sarcástico, pero mi máxima prioridad en aquel momento era hacerme cargo del viejo Harry. Los comentarios irónicos tendrían que esperar.

Alguien me tendió un pañuelo limpio y perfectamente doblado, que yo coloqué sobre los labios de Harry, y procedí a la reanimación boca a boca. La ambulancia llegó en cuestión de minutos y se hizo cargo de la situación. Antes de que me diera cuenta, le habían devuelto la respiración y un color rosado bastante aceptable. El gentío se dispersó en cuanto trasladaron a Harry al hospital, con su diminuta mujer todavía aterrorizada agarrándole la mano.

La conmoción se había acabado tan rápido como había empezado y, a mí, lo único que me preocupaba era pagar la compra para poder volver a casa a tiempo de preparar el desayuno a mis hijos y llegar al trabajo a mi hora. Como veterana que soy, me deshice conscientemente de mis emociones ante la situación y no volví a pensar en lo que acababa de suceder.

Recuperé mi carro, que estaba en medio del pasillo donde lo había dejado, y me dirigí hacia la caja. Intenté comportarme con naturalidad, como si enfrentarme a la muerte fuese algo ordinario, cosa que en mi caso era cierta. Me puse en la cola detrás de una atractiva joven con el pelo largo y sedoso. La parte de arriba de un biquini le resaltaba con gracia sus pechos morenos y bien formados. Por lo que parecía, había salido a primera hora de la mañana para comprar una revista, un ramo de flores frescas y medio litro de helado, lujos que yo ya no me permitía.

Me fascinó el efecto que su presencia produjo en el cajero y en el muchacho que empaquetaba la compra. Ambos comenzaron a desvivirse por hablar con ella, mientras el resto de los clientes, menos agraciados, esperábamos nuestro turno. El chico que empaquetaba introdujo los artículos de la joven en una bolsa de plástico con sumo cuidado y luego se ofreció para llevarle la bolsa al coche. Ella le concedió el privilegio gentilmente.

Avancé en la cola y comencé a vaciar el contenido de mi carro en la caja. Como era de esperar, mi compra, mucho más cuantiosa y voluminosa, fue empaquetada en bolsas con impresionante diligencia. Aparentemente, salvarle la vida a alguien no contaba tanto como ser joven y guapa. «Qué poder tienen las mujeres jóvenes», pensé. Lo malo es que la mayoría de ellas no se da cuenta hasta que es demasiado tarde.

De repente, deseé tener otra oportunidad de ser joven. Quería volver a ser Christine Moore, una chica que quizá no fuera despampanante, pero que era feliz, vital y llena de energía.

La echaba de menos.

Mis pensamientos fueron interrumpidos por la oferta desganada del cajero de llevarme las bolsas al coche. En un ataque de independencia y dignidad, decliné la oferta. Y el chico que empaquetaba pareció bastante aliviado.

Esta vez, cuando las puertas automáticas se abrieron, descubrieron un cielo cubierto con un manto malva. El amanecer era húmedo y caluroso, y el sol todavía no había salido, pero los que hacían footing sí. Vi a unos cuantos que atravesaban el aparcamiento, corriendo con la gracia propia de los atletas entrenados, perturbando la quietud del aire con su pesada respiración.

Me tomé un momento antes de sumergirme en la paz y la tranquilidad del encanto del amanecer. Intenté capturar la calma que me rodeaba para poder recurrir a ella más tarde, cuando me viera obligada a cambiar de marcha y avanzar a toda máquina por el caos de la febril unidad de ortopedia durante el turno de día.

De nuevo me invadió aquella sensación tan curiosa.

Escudriñé el aparcamiento a fondo antes de aventurarme a seguir adelante, pero como en las otras ocasiones, no vi nada extraño. Desconcertada, empujé el carrito de la compra hacia mi Toyota y lo apoyé con cuidado en el parachoques trasero, culpándome por ser tan paranoica. Abrí el maletero y, con una apremiante sensación, comencé a cargar las bolsas en el interior lo más rápido posible.

No sé cómo, la última bolsa me resbaló de las manos y todo su contenido se esparció por el suelo. Seis yogures comenzaron a rodar en diferentes direcciones y yo me agaché para recoger los dos que se metían debajo del coche. Rocé el asfalto con los dedos al atrapar los dos yogures renegados y, de repente, lo que vi detrás de ellos me paró el corazón.

Unas zapatillas Nike completamente blancas permanecían firmemente plantadas a unos centímetros de mis manos y me oí emitir un pequeño grito de susto. No cabía ninguna duda de que las zapatillas iban unidas a la misma persona que se había negado a darme las gasas unos minutos antes.

El corazón me martilleaba el pecho, mientras levantaba la vista por los vaqueros, el cinturón de piel y la camiseta blanca hasta posarla en un par de ojos marrones, oscuros y profundos, que me parecieron magníficos y familiares.

Erguí los hombros y lo miré de frente a la luz del alba. Ninguno de los dos intentó moverse. Entonces, plácidamente, él extendió su enorme y bonita mano hacia mí, mientras se fijaba en mi expresión de sorpresa. La curva de sus labios se expandió en una amable sonrisa, pero no dijo nada.

—Joe —susurré con voz ronca—. ¿Dónde demonios te habías metido?

Tres

Quizá sea mejor que me explique. Nunca he hablado con nadie de esto, pero creo que ya va siendo hora.

Podría decirse que Joe es, bueno, un ser más evolucionado que el resto de nosotros. Lo conocí hará poco más de diez años, cuando descubrí que el novio con el que había estado tres años y durante los cuales nunca pareció querer comprometerse, el doctor Michael Stein, se había casado con otra poco después de haber roto conmigo. Yo no lo sabía porque me había largado inmediatamente a la Costa Oeste para sanar mis heridas y tratar de empezar de nuevo. Dejé muy claro a mis amigos y a mi familia que no quería volver a oír el nombre de Michael ni saber nada de él nunca más. Unos años después, cuando ya pensaba que lo había superado por completo, volví a Nueva Jersey, y en la cafetería del hospital tropecé con una versión de él más atractiva, con más éxito y mucho más aposentada. Aquella noche perdí la cabeza imaginando un reencuentro romántico antes de fijarme en el anillo de matrimonio en su mano izquierda. El mazazo definitivo fue descubrir que su esposa había sido una colega mía a la que jamás tuve especial cariño.

El resumen de la historia es que, cuando acabé mi turno aquella noche, bajé a la playa a llorar y me encontré con un hombre guapísimo, montado en una Harley Davidson. Era Joe. Ah, y otra cosa: Joe resultó ser Dios. No es ninguna broma. Al principio, yo tampoco me lo creí, pero es cierto. Hizo de todo para demostrármelo, incluyendo cambiarme la vida, enseñarme a ser feliz de nuevo y encontrar marido.

Vamos, que hizo unos cuantos milagros.

Me dijo que podía llamarle como quisiera y me sugirió una lista de nombres entre los que figuraban «Fuerza Universal», «Dios», «Poder Supremo», «Joe» y cosas por el estilo. Como soy lo que podría describirse como una «víctima de la escuela católica», le dije que prefería llamarle simplemente «Joe», porque sonaba mucho menos intimidante que los demás nombres. Él estuvo de acuerdo. Joe no hacía alarde de su poder en absoluto y eso me gustaba. De hecho, me enamoré un poco de él durante el tiempo que pasamos juntos, aunque todavía me da reparo admitirlo.

Por aquel entonces, Joe me había contado que se encontraba en una especie de misión, durante la cual debía pasar un poco de tiempo con cada persona del mundo, en lugar de dirigirse a las masas, como había hecho durante su larga y triste historia. Esos días, iba por ahí dando a cada individuo una serie de directrices que sólo resultaban pertinentes para esa persona en concreto. La última noche que lo vi, Joe había grabado mis directrices personales en un pequeño amuleto de oro que me regaló justo antes de marcharse.

Años más tarde, cuando todavía era un bebé, mi hija Gracie lo sacó de mi joyero. En un abrir y cerrar de ojos, lo echó al váter y tiró de la cadena en un momento en que se suponía que Jim debía estar vigilándola. Me partió el corazón, y Jim no entendía por qué me apenaba tanto por un amuleto de oro tan minúsculo. Como ya he dicho, nunca le había contado esto a nadie hasta hoy porque seguramente habrían pensado que alucinaba y me habrían encerrado. Jim seguía preguntándome por qué estaba tan disgustada, pero yo nunca se lo conté. Se ofreció a comprarme otro colgante, el que quisiera, para que dejara de preocuparme por el que había perdido y no siguiera haciéndole sentir mal. Le dije que nunca podría reemplazarlo y así quedó la cosa. Ninguno de los dos lo volvió a mencionar. Nunca pensé que vería a Joe de nuevo y, al no tener ninguna prueba tangible de su existencia, comencé a creer que quizá lo había soñado todo.

Joe siempre encontraba la forma de hacerme seguir el camino adecuado, y no podía creer que estuviera viendo de nuevo su precioso y sereno rostro. Estaba tan impresionante como siempre, alto y delgado, con algunas canas plateadas en el pelo antes de un negro azabache, que todavía llevaba elegantemente largo. Como la primera noche que lo vi, me tendió la mano. La acepté con timidez e inmediatamente sentí una sensación que sólo puede describirse como de estar de nuevo en el hogar. Joe me besó dulcemente los dedos y me invadió una profunda alegría.

De repente, deseé que Joe me abrazara con sus poderosos brazos y me protegiera de todo lo que me hacía daño. Deseé fundirme con él, apoyar mi cabeza en su corazón y volver a oír las olas del océano, como la noche en que nos conocimos.

Pero no me atrevía.

No tenía ni idea de si sería apropiado o no, así que decidí esperar y observar. Me quedé de pie con la mano felizmente acurrucada en la suya, esperando algún signo que me revelara que todavía podía abrazarlo.

Entonces recordé algo y, por alguna extraña razón, de todo lo que me oprimía en la vida, lo primero que le dije fue:

—¿Por qué no me has querido traer las gasas que te he pedido?

—Ay, Christine —exclamó, tras reír a mandíbula batiente, sin dar muestras de enfado—. Todavía tienes mucho miedo y desconfianza, ¿verdad?

—Bueno, tú también lo tendrías —me defendí—, si vieras todas las enfermedades contagiosas con las que me encuentro a diario.

—Lo sé —admitió Joe, comprensivo, después de otra carcajada—. Pero tienes que olvidar todo eso. Yo sé qué pasará con esas cosas incluso antes de que ocurran. Sólo intentaba ahorrarte algo de tiempo y preocupación. Eso es todo. Sabía que Harry no tenía ninguno de esos... ay, ¿cómo lo llamáis?

—Factores de riesgo —le asistí.

—Eso, factores de riesgo.

—Ya, pero ¿cómo iba a saber yo que podía fiarme de ti? —le solté. Me di cuenta de que había adoptado un tono defensivo, pero continué de todos modos—. Estaba ahí tirada en el suelo, hablando a un montón de pies. Además, ahora tengo dos hijos y no quiero llevarles nada a casa, ¿sabes?

—De acuerdo —concedió Joe—, haces bien en preocuparte. Me alegra ver que el instinto maternal que instalé en ti funciona bien. Por cierto, lo has hecho muy bien ahí dentro.

—En realidad, me equivoqué —admití algo avergonzada—. Se supone que antes de buscar el pulso hay que escuchar la respiración. Supongo que estaba un poco nerviosa. En el trabajo eso me habría hecho perder puntos.

Joe levantó la vista hacia el cielo, y me soltó la mano y metió las suyas en los bolsillos de los vaqueros. Vaciló un instante y luego me miró de frente a los ojos.

—Tienes razón —dijo finalmente—. Que hayas salvado una vida ahí dentro no quiere decir que debas permitirte ninguna negligencia, ¿verdad?

Hice una mueca, porque sabía adónde quería ir a parar. Nunca me ha gustado congratularme demasiado por nada. Por alguna razón (que sospecho que tiene que ver con mi educación en un colegio religioso), siempre me he sentido mejor con las críticas que con los cumplidos. Tenía la sensación de que Joe me lo iba a reprochar.

—En serio, Christine —dijo, sacando las dos manos a la vez—, ¿nunca te cansas de vapulearte?

—Parece que no —reí.

Se instaló entre nosotros un pesado silencio, como una cortina de terciopelo. Como siempre, Joe esperó a que yo decidiera qué más quería decir.

—Oh, Joe —acabé por estallar, sacudiendo la cabeza—. Supongo que me siento fracasada.

—¿Por salvar a un hombre ahí dentro? —inquirió con ternura, y no había ni el más mínimo indicio de sarcasmo en sus palabras.

—No. Porque te he fallado —confesé—. Porque he vuelto a las andadas desde la última vez que estuvimos juntos. Quiero decir que, ¿cuánta gente tiene al propio Dios como su mentor personal? E incluso con esa enorme ventaja, me he vuelto a sentir miserable. Supongo que lo que me pasa es que estoy avergonzada y ya está.

—Ya veo —dijo Joe, sin coincidir ni discrepar. Sólo «ya veo».

No le miré a la cara; no quería. En lugar de eso, me centré en sus manos, cálidas, suaves, de un tamaño desproporcionado, aunque supongo que necesario para sostener los problemas de la gente.

Vi que una bandada de gorriones se posaba en el asfalto, justo detrás de él, y comenzaban a comer, sin ceremonias, de una bolsa de palomitas tirada en el suelo.

Aunque algunos de los gorriones estaban a sólo unos centímetros de los pies de Joe, no parecían sentirse amenazados por su presencia y se dedicaban a lo suyo, sabiendo que podían bajar la guardia mientras estuvieran a su lado.

Conocía la sensación.

—Hay algo más que necesito decir —murmuré suavemente.

Joe esperó pacientemente a que descargara mis temores y preocupaciones, y, la verdad, no le decepcioné. Las palabras comenzaron a brotar de mis labios con tanta rapidez que hasta olvidaba respirar. Eran cosas importantes y tenía que sacarlas antes de perder los nervios.

—Temo que te canses de ayudarme —comencé con voz trémula—. De verdad, puse en práctica todos aquellos grandes principios que me enseñaste cuando todavía era soltera, pero después me casé con Jim y, antes de darme cuenta, llegaron los niños y, de algún modo, dejé esas importantes lecciones en el cajón y me olvidé de ellas hasta que, al final, ya ni siquiera me parecían reales. —En ese punto tomé aire, pues lo necesitaba—. Por eso tengo miedo de que te sientas defraudado e impaciente conmigo —concluí—. Porque soy una alumna muy lenta, ¿sabes?

—Ya veo.

Volvió a quedarse mudo, por si había algo que yo quisiera añadir a esa pequeña diatriba. Satisfecho al ver que no quedaba nada más, continuó.

—Me parece que la única que se muestra impaciente contigo eres tú misma —me dijo con verdadera sinceridad—. ¿Es que no te das cuenta?

—Se nota que no has hablado con mi marido y mis hijos, ya veo.

No lo pilló.

—Christine, a tu capacidad de aprendizaje no le ocurre nada —me aseguró, sin hacer caso de mi último comentario—. La iluminación espiritual no es ninguna carrera ni ningún concurso. En realidad, es mucho más fácil recordar cómo debes cuidar de ti misma y cómo puedes ser feliz cuando tú eres la única persona de la que debes preocuparte. Cuando además de todo eso tienes una familia, la cosa es mucho más complicada. ¿No te das cuenta? Cumpliste muy bien con esos principios mientras eras soltera, pero luego te pasé a un nivel con un reto ligeramente superior. Debes verlo como un aumento de categoría.

Me sentí como si me acabaran de quitar cien kilos de encima. Debí haber sabido que no encontraría castigos ni críticas en Joe. Era una criatura buena y llena de amor, y me parecía que su principal prioridad era siempre hacerme sentir mejor. ¿Entendéis ahora por qué me enamoro de este hombre cada vez que lo veo? ¿Dónde se encuentra compasión, comprensión y amor verdadero? ¿Cómo podría haber alguien que no amara a este hombre?

—Todo el amor es perfecto —afirmó Joe.

Recordé que podía leerme el pensamiento. Cuando nos conocimos, eso me sacaba de quicio, pero esta vez no me molestó. Supongo que eso era una muestra de progreso por mi parte.

—Estoy muy asustada, Joe —me oí decir, y sin previo aviso rompí a sollozar y las lágrimas empezaron a resbalar por mi rostro—. Siento haber metido la pata tantas veces. Tienes razón, claro. Yo soy la que se impacienta y se frustra, y no sólo conmigo misma. A veces me agobio y me enfado con los niños, y me siento muy culpable... —dije, conteniendo las lágrimas—. Quiero mucho a Joey y a Gracie, ¿sabes?, pero tengo miedo de que ellos no lo sepan porque siempre estoy tensa, cansada y ajetreada.

—Todo irá bien, Christine —me dijo con una enorme confianza, sonriendo afablemente. Entonces me sorprendió, porque me acercó a él. Yo disfruté del instante y respiré la esencia familiar de aquel hombre como si la hubiera estado ansiando, y de hecho, así había sido. Como los pequeños gorriones que tenía a los pies, me relajé por completo ante la presencia tranquilizadora de Joe—. Confía en mí, ¿vale? —le oí susurrarme al oído.

Entonces sentí que algo me oprimía la boca del estómago. Era cálido, sobrenatural y maravilloso a la vez. Además arañó la puerta que daba a mis recuerdos hasta que rememoré la última vez que lo había sentido. Era una sensación únicamente atribuible a Joe. Dejé que los antiguos sentimientos renacieran y me hicieran sentir de nuevo guapa, tranquila y viva. No pude evitar pensar si aquel exquisito efluvio de emociones y sentimentalismo que estaba liberando podía constituir una posible infidelidad por mi parte. ¿Estaba siendo adúltera? No paraba de preguntármelo.

—¿Puedes parar de sentirte culpable, por favor? —Oí que me decía Joe. Me reí.

—Escucha —dije, levantando la cabeza para mirar su bello rostro—, me muero de ganas de preguntarte algo.

—Pregunta —me invitó.

—Es sobre aquel guiño que me hiciste hace diez años, ¿sabes de qué te hablo?

Se tomó su tiempo y reflexionó un momento.

—¿Te refieres a la noche que conociste a Jim y os largasteis en su Harley?

—Sí, eso es —reconocí con entusiasmo—. Nos paramos en el semáforo en rojo y yo miré fijamente la medalla que Jim llevaba en el cuello. Entonces supe que él era el hombre que debía elegir.

—Sí. Me acuerdo perfectamente.

—Bueno, es que siempre me he preguntado si no me equivoqué aquel día —confesé, y advertí que había sonado algo sumisa. Odiaba ponerme tan sensiblera e insegura.

—¿Por qué? —preguntó Joe, sin hacer caso de mi repentina inseguridad.

Ahora fui yo la que vaciló antes de contestar.

—Bueno, yo pensé que tú me dabas tu aprobación. Ya sabes. Pensé que me estabas diciendo que Jim MaGuire era el hombre adecuado para mí. Ya sabes, mi alma gemela y todas esas cosas. ¿Estaba en lo cierto?

—Quizá —respondió Joe, dibujando una sonrisa.

—Bueno, pues creo que a lo mejor te equivocaste —barrunté inexpresivamente.

—¿Ah? —fue todo lo que dijo, con cara de sorpresa.

De nuevo, las lágrimas se me agolparon en los ojos, pidiendo ser liberadas. Diez años de dudas, decepción y rabia en mi matrimonio quedaron instantáneamente licuados y corrieron mejillas abajo. Lo que me salió por la boca después me sorprendió tanto como a Joe.

—Ya no quiero a mi marido —balbuceé— y te he rezado durante estos diez años para que me ayudaras de algún modo, pero nunca me hiciste caso. No me escuchabas, ¿verdad?

Joe pareció algo dolido y me sentí inmediatamente arrepentida por haber sido tan dura con él. Hasta ese preciso momento, no me había dado cuenta de que había estado acarreando un terrible rencor contra Joe y contra mi marido, los dos hombres más importantes de mi vida. Pero ya no había vuelta atrás. Había dicho lo que tanto había temido decir durante todo aquel tiempo y no había manera de retroceder. Y en realidad tampoco quería.

—¿De verdad piensas eso, Christine? —preguntó Joe con calma—. Después de todo lo que te he enseñado, ¿todavía piensas que no estaba contigo? —Por primera vez, no esperó a que le contestara—. Yo estaba y tú lo sabes —insistió—. Siempre estuve a tu lado, si no te importa que te lo diga, pero tú estabas tan ocupada en tu universo que ni siquiera me viste.

Eso tenía toda la pinta de ser cierto, pero no estaba dispuesta a admitir mi culpabilidad tan pronto, así que me quedé allí de pie, respirando ruidosamente, lloriqueando y gruñendo, sin decir una palabra. Quería volver a estar segura de su amor por mí.

—Estuve ahí el día de tu boda —continuó Joe—. Y sé que entonces lo sabías. ¿Me equivoco?

—Muy bien. Sí, de ese día me acuerdo —coincidí—. Ese día noté tu presencia.

—Y también estuve ahí cuando diste a luz al pequeño Joey y, dos años más tarde, a Gracie —añadió.

—Pues no lo parecía —dije, poniéndole morros—. Ésas dos fueron las ocasiones en las que me convencí de que no me escuchabas.

—¿Cómo no iba a escucharte? —rió—. Recuerdo que gritabas mi nombre con todas tus fuerzas.

Aunque me sentí un poco avergonzada, todavía necesitaba más pruebas, como siempre.

—Vale, muy bien, sí que estabas —cedí—. Pero, ¿y el dinero? ¿Y mis dolores de espalda, mis juanetes y mi fatiga crónica? Y encima tengo que ir a ese odioso trabajo para sobrevivir. Qué pasa con todo eso, ¿eh?

Joe se quedó mudo tanto rato que me pregunté si me había pasado de la raya. Sin embargo, justo cuando iba a disculparme, me abrazó entre sus brazos fuertes y tiernos. Me sorprendió lo poco que me costaba pasar de ser una adulta enfadada y acusadora a ser una niña asustada y confusa que necesitaba consuelo.

—Tu actual estilo de vida quizá requiera que trabajes en el hospital una temporada —susurró suavemente en mi oído—, pero no tienes que sentirte desgraciada por eso.

Por supuesto, tenía razón, pero no sabía cómo encajar un trabajo que erosionaba lentamente mi espíritu altruista, o lo que quedaba de él. Además, en aquel momento, era demasiado inestable para pensar con claridad. Sólo quería consuelo y esperaba que Joe lo entendiera.

No me decepcionó. Antes de que yo pudiera volver a la carga con más acusaciones de negligencia, Joe volvió a acercarme a él con un gesto protector. Apoyé la cabeza en su pecho, y él me acarició el pelo con ternura, consiguiendo que volviera a sentirme como una niña pequeña.

—Pensaba que todo esto ya lo habíamos solucionado hace diez años —dijo, y suspiró—, pero supongo que un pequeño refuerzo no te vendrá mal. —Entonces me abrazó aún más fuerte—. Deja que te cuente algo de lo que he presenciado de tu vida durante estos diez años —sugirió— y luego decides si te he estado escuchando o no, ¿vale?

Asentí en silencio y empezó a recitar con su voz profunda toda una letanía de sucesos, algunos de los cuales ni siquiera yo habría podido recordar con precisión.

Me avergoncé cuando mencionó que yo había estado marcando en secreto las botellas de whisky durante años para saber cuánto bebía Jim en una noche. Me habló de las depresiones posparto que sufrí las dos veces que di a luz, y de cómo las había ocultado a mi marido y a mis compañeros de trabajo. Sabía que una noche me había puesto el abrigo y me había ido de casa porque los niños me estaban volviendo loca, pero me recordó que simplemente me había quedado bajo la ventana y que los había estado observando, llorando en silencio entre los setos cubiertos de nieve. Él comprendía que aquella noche yo había llegado a mi límite y me felicitó por haberme tomado un «descanso», en lugar de decir o hacer algo que tal vez después hubiera lamentado.

Como si aquello no bastara, Joe continuó explicándome que me sentía celosa de mi propia hija. Abrí la boca para protestar, pero me callé porque sabía que estaba en lo cierto. Me dijo que, aunque yo sólo quería lo mejor para Gracie, también envidiaba las oportunidades de las que ella dispondría y con las cuales yo jamás había contado. A diferencia de las generaciones de mujeres que la habían precedido, la vida de Gracie estaría llena de posibilidades, sin limitaciones debidas a su sexo.

Tanta sinceridad me estaba provocando dolor de cabeza, pero Joe no paraba. Pasó a hablarme del trabajo y me hizo ver que me sentía inferior por ser una simple «enfermera de planta». Él sabía perfectamente que deseaba trabajar en la UCI, en quirófano, o en alguna unidad de alta tecnología que mereciera más respeto. Ni siquiera intenté contradecirle.

Después me habló de las veces que había renunciado a ir a la playa porque no soportaba verme a mí misma en bañador. Y lo que es peor, estaba enterado de que no había vuelto a ir al club a escuchar a Jim y a su banda porque temía que sus jóvenes admiradoras se preguntaran qué había visto Jim MaGuire en mí, el adefesio estropeado y obeso de su esposa.

Entonces Joe sacó la artillería pesada y comenzó a repasar mi matrimonio. Me dijo que estaba resentida con el talento artístico de Jim, porque estaba convencida de que yo no tenía ningún don similar. Joe sostenía que yo, además de envidiar el talento de mi marido, envidiaba que disfrutara tanto de su trabajo, mientras que yo cada día debía realizar un gran esfuerzo para cumplir con mi turno en el hospital. Me maravillaba el hecho de que el tono de Joe no denotara el menor atisbo de reproche mientras enumeraba todos esos defectos de mi carácter. De hecho, notaba que de él no emanaba más que puro amor, comprensión y hasta compasión.

Finalmente, Joe mencionó un último resentimiento que yo ni siquiera me había atrevido a expresar con palabras. No pude reprimir una mueca de dolor al oírle decir que me asustaba que los niños quisieran más a su padre que a mí.

Esta última declaración me impresionó realmente. Y no sólo porque fuera cierta, sino porque era la observación más dolorosa que Joe me había hecho jamás. Mis hijos son lo más importante del mundo para mí. Sin embargo, todo el tiempo que paso lejos de los niños hace que sienta que estoy perdiendo la conexión con ellos. Eso es precisamente lo que me aterra. La cuestión es que, a causa de nuestros horarios disparatados, Jim puede pasar más horas con ellos, mientras que yo gasto toda mi energía en el único trabajo que en realidad nos mantiene a todos. Aunque para ser justos, debo admitir que Jim suele ser mucho más divertido que yo y también acostumbra a estar de mejor humor.

Debería haber sabido que no podría ocultar a Joe esos dolorosos sentimientos. A pesar de mis protestas, había logrado penetrar en lo más profundo de mi ser y me había arrancado mis más oscuros secretos. Me sorprendió darme cuenta de que compartir todos esos miedos, privados y ocultos, con otra persona había hecho que empezaran a ser menos importantes. De repente, me sentía mucho mejor.

Joe había creado un entorno seguro para que pudiera sincerarme conmigo misma. De alguna manera, había dado voz a todos mis fallos y a todo mi resentimiento, a todas las palabras irritadas que nunca había pronunciado y que todavía tenía atragantadas, a todas las dagas que permanecían clavadas en mi corazón por las duras palabras que Jim y yo a veces intercambiábamos. Cuando hubo terminado, Joe me abrazó en silencio y me acarició el pelo.

—No pasa nada —me tranquilizó—. Todo mejorará, Christine. Te lo prometo.

—Pero es que es desesperante —sollocé con la cabeza apoyada en su hombro—. Es demasiado, Joe. Tengo que cambiar demasiadas cosas. No creo que pueda.

—Claro que puedes —refutó él, riendo.

Una chispa de irritación se me encendió en el estómago cuando me dijo aquello. No tenía ninguna gracia. Me sentía abrumada ante la inmensidad de los retos que me esperaban y apenas confiaba en mi capacidad de arreglar todos los fallos que él había enumerado.

—Ya veo que todavía estamos un poco susceptibles —dijo Joe con dulzura.

—No puedo, Joe —afirmé rotundamente, levantando la cabeza para mirarle de frente—. Todavía lucho contra los mismos tres problemas contra los que he luchado toda mi vida, pero en mayor escala. Mis relaciones, mi trabajo y mi peso son todavía los tres mayores obstáculos para alcanzar la felicidad, y todo indica que no soy capaz de superarlos. Ni siquiera sé por dónde empezar.

—Quizá superarlos no sea lo mejor —sugirió con tacto—. Quizás aceptarlos tal como son sea un buen principio —continuó—. Y a partir de ahí, intenta hacer cosas que te ayuden a cambiar.

Entonces me separé bruscamente de él, a pesar de que todavía no sé muy bien por qué.

—Joe, ahora mismo todo esto es demasiado, ¿vale? —espeté—. Estoy cansada, soy demasiado sensible y tengo que hacer un millón de cosas en las próximas dos horas. No puedo quedarme sentada y «aceptar las cosas tal como son».

Joe pareció herido por un instante, pero no tardó en recuperarse.

—Si me lo permites —comenzó educadamente—, no me parece que hayas empleado toda esa sensibilidad haciéndole el boca a boca al viejo Harry.

—Bueeeeno, no —dije lentamente, ordenando las ideas para defenderme—. ¿Qué esperabas? Soy una profesional.

—Ah, claro —dijo, asintiendo—. Una profesional.

Se produjo un silencio tenso y ya no supe qué decir. Sabía que mi reacción había sido excesiva y que había actuado mal, pero necesitaba desesperadamente que me escucharan y me comprendieran, y aquella había sido la primera oportunidad que se me había presentado en mucho tiempo. Me maravillaba al ver que por testaruda que me mostrara con él, Joe nunca se ofendía. ¡Cuánto deseaba ser como él!

Sabía que tenía que volver a casa a despertar a los niños para ir al fútbol y prepararles el desayuno, pero no quería dejar las cosas en un punto tan doloroso como aquél. Supongo que Joe debió de leerme el pensamiento otra vez, porque me arrebató las llaves con dulzura y me abrió la puerta del coche.

—Oye, ¿todavía tienes aquel pequeño amuleto que te regalé? —preguntó, resplandeciente—. Ya sabes, el que llevaba grabadas tus seis directrices.

—No —confesé con el corazón en un puño—. Lo siento, pero no. Gracie lo tiró al váter cuando tenía dos años.

No pareció entristecerse.

—¿Por casualidad te acuerdas de cuál era la número tres? —me preguntó, aunque yo no estaba segura de si era una pregunta trampa o una petición sincera.

—¿La número tres? —repetí, haciendo tiempo—. Hum, era esa que decía algo de reducir el ego, ¿no?

—No —respondió, sacudiendo la cabeza. De repente, parecía mucho más animado, atormentándome con acertijos como solía hacer en los viejos tiempos.

—Bueno —rogué, sonriendo sumisamente—, no me tengas en vilo.

—«Cuida de tu persona, ante todo y sobre todo» —enunció—. Eso es lo que decía.

Esperé una explicación más extensa, puesto que la experiencia me había enseñado que ésta no iba a tardar en llegar. Sin embargo, lo que dijo después, me dejó sin aliento.

—¿No lo ves, Christine? —insistió Joe con evidente sinceridad—. No has dejado de querer a tu marido; es a ti a quien has dejado de querer.

Esas palabras me golpearon el alma como una

bola de demolición e hicieron añicos todas mis teorías y mis anteriores convicciones. ¿Sería cierto? ¿Todavía había esperanza de salvar mi matrimonio? Y lo que era más importante, ¿era yo la única que tenía la clave para hacerlo?

Cerré los ojos y volví a regañadientes al presente. Joe seguía sujetando la puerta del coche y me invitaba a subir. Como en un trance, me senté en el asiento del conductor, con la sensación de no tener ni un solo hueso en el cuerpo.

A cámara lenta, introduje la llave en el contacto, y Joe se inclinó hacia mí.

—Enamórate de ti misma, Christine —susurró—, y verás como todo vuelve a su cauce. Y digo todo.

Sin saber muy bien cómo, me encontré saliendo del aparcamiento y en dirección a casa. Me sentía muy alterada. Lo único que pude musitar mientras el coche avanzaba hacia el este, hacia el sol naciente de agosto, fue un profundo y prolongado «guau».

Cuatro

Jim y los niños ya se habían levantado cuando llegué. Estaban sentados ante desayunos a medio consumir. Joey y Gracie ya estaban vestidos con el uniforme azul y blanco en el que se leía «Liga de Fútbol de Neptune City» con enormes letras azules en la parte delantera y «MaGuire» con letras perfectamente bordadas sobre sus pequeñas espaldas. Jim, que todavía tenía los ojos hinchados de sueño, o quién sabe si de demasiadas copas de la noche anterior, servía zumo de naranja y repartía las servilletas con gran destreza.

Lo observé durante un momento desde la puerta, y me pregunté por qué me importaba tanto lo que hubiera bebido la noche anterior. Su adicción al alcohol no me afectaba para nada. «Él es quien tiene que sufrir la resaca», pensé. Con todo, todavía me preguntaba cuántas copas había tomado y, lo que era más importante, con quién.

Joey fue el primero en reparar en mi presencia.

—Hola, mami —me dijo, con la boca llena de cereales—. ¿Te has acordado de comprar tortas de maíz?

—¿Qué? ¿Tortas de maíz? —respondí despistada—. Creo que sí. ¿Por qué no vas al coche y traes algunos paquetes, cariño?

—Bueno, espero que te hayas acordado del regaliz rojo —mascculló Gracie—. Me lo prometiste ¿te acuerdas?

Noté que Jim me observaba.

—¿Estás bien, Christine? Pareces un poco... rara.

—Ah, sí. Sí, estoy bien —mentí—. Es... que... siento haber llegado tan tarde —añadí.

No estaba dispuesta ha comentar mi encuentro con Joe, porque era algo demasiado personal. El cerebro me iba a mil por hora mientras pensaba en alguna explicación creíble para mi tardanza. En el peor de los casos, usaría lo del boca a boca. No sería exactamente una mentira, sería sólo lo que las monjas solían calificar de «pecado de omisión».

—No llegas tarde, Chris —dijo Jim, confuso—. Llegas como siempre.

Miré el reloj y, cierto, eran sólo las seis y cuarto, mi hora habitual de llegada. Eso significaba que todavía me quedaba tiempo para darme una ducha y llegar a las siete al trabajo. ¿Qué estaba sucediendo? Pensé que la conversación con Joe había tenido que durar por lo menos veinte o treinta minutos, y recordaba perfectamente haber mirado el reloj del coche y haber visto que eran las seis y diez. ¿Cómo es posible que el tiempo que había pasado con Joe no existiera?

—¿Seguro que estás bien? —insistió Jim—. Te veo... diferente.

—Sólo estoy cansada —contesté por inercia.

Hábilmente, Jim cazó al vuelo una tostada que acababa de salir de la tostadora.

—¡Vaya una novedad! —murmuró para el cuello de su camisa.

Me preparé para replicarle con algún comentario sarcástico. Comencé a reunir frases en mi cabeza sobre lo mucho que trabajaba, lo poco que dormía y el derecho que tenía a estar cansada. Pero, de repente, me di cuenta de algo absolutamente increíble: ¡no estaba cansada en absoluto! Quizás era la primera vez que no me sentía completamente exhausta desde que Joey había nacido, nueve años atrás. En realidad, me sentía muy bien. No, fantásticamente; me sentía genial, llena de energía y hasta un poco eufórica. ¿Qué me pasaba? No era normal.

Corrí de cabeza al baño, dejando a Jim perplejo y confuso. Encendí la potente luz del techo y me miré detenidamente en el espejo. Lo que vi me impactó.

Christine Moore me estaba mirando, con un rostro fresco, tranquilo y sin arrugas, a pesar de estar bajo una bombilla de 120 vatios. Después, el dolor crónico en la región lumbar desapareció misteriosamente, igual que el dolor sordo de mis juanetes.

No me cabía la menor duda de que Joe tenía algo que ver con todo eso.

Como los amantes que aprietan las manos contra el cristal que los separa en la sala de visitas de una prisión, coloqué mis dedos de cuarenta y ocho años con toda delicadeza sobre aquella maravillosa imagen de mi juventud que estaba al otro lado del espejo. El reflejo alzó unas manos que eran blancas y suaves, llenas de juventud. Sin embargo, en mi lado del espejo, las manos estaban cubiertas de minúsculas arrugas secas y de una piel transparente que dejaba ver los nudillos prominentes y las venas azules. Hipnotizada, me incliné para mirarme todavía más de cerca.

—¿Dónde has ido a parar? —susurré, dejando un pequeño círculo de vaho en el cristal.

—¿Christine? —Jim me llamaba desde el vestíbulo—. ¿Estás bien?

Antes de que pudiera contestarle, se plantó en la puerta y la maravillosa figura del espejo se esfumó con la misma rapidez con la que había aparecido.

—Sí, estoy bien —contesté—. Nunca había estado tan bien.

Preocupado, Jim me miró de la cabeza a los pies e hizo un gesto de incredulidad.

Mientras me duchaba, pensé en todo lo que me había sucedido aquella mañana y en mi conversación con Joe. A pesar de mi feroz resistencia, una sutil semilla de esperanza y optimismo trataba de arraigar de nuevo en mi corazón. Me encantaba la sensación, aunque no me atrevía a confiarme. Me daba miedo pensar que las cosas podían mejorar, pero me asustaba aún más pensar que quizá no mejoraran.

Lamentaba no haberle hecho más preguntas a Joe. Por ejemplo, me preguntaba si todavía llevaba una Harley. No lo vi llegar ni irse, así que no lo sabía seguro, aunque esperaba que sí. Había algo en su imagen sobre esa magnífica máquina que irradiaba libertad, autenticidad y poder personal: todo aquello que Joe representaba.

Sin embargo, lo que más mal me supo fue no haberle preguntado cómo podría contactar con él o cuándo lo volvería a ver, si es que iba a volver a verlo. Me pregunté si Joe me llamaría a casa, e inmediatamente comencé a preocuparme por si lo hacía. ¿Qué pensaría Jim si descolgara él el teléfono? ¿Qué le diría Joe? ¿Qué le diría yo? ¿Y por qué me sentía culpable si no había hecho nada malo?

Pasó una semana entera sin noticias de Joe. Aun así, encontraba pruebas de florecientes milagros en cosas en las que nunca habría reparado. Por ejemplo, mi ansia por comer dulces empezó a desaparecer. Cuando veía a Gracie sentada delante de la tele, devorando su regaliz rojo, no sentía ni la más mínima tentación de quedarme con unas cuantas tiras. A decir verdad, lo encontraba repulsivo, lo que no deja de ser extraño, porque era una de mis golosinas preferidas.

Entonces, por pura casualidad, encontré la vieja placa dorada que compré después de graduarme en la escuela de enfermería para llevar mi nombre en la bata. Lo consideré otro pequeño milagro, porque no sabía que todavía la conservaba. La descubrí enterrada en el fondo de un viejo joyero que le iba a dar a Gracie y a sus amigas para que jugaran. Hacía diez años que no la veía y la sostuve en la mano con nostalgia mientras leía la inscripción. «Christine Moore, E. D.», decía, y recordé con qué orgullo había lucido aquellas iniciales junto a mi nombre.

De aquellos días hasta hoy, la política y los procedimientos habían cambiado drásticamente en el Centro Médico Metropolitano, y probablemente también en los demás hospitales. Ahora las enfermeras diplomadas de nuestro hospital tienen que llevar la misma tarjeta de plástico que todos los demás, incluidos los técnicos de rayos X, los ordenanzas y hasta el servicio de limpieza. En la etiqueta figuraba el logotipo del hospital, una foto tamaño carné y sólo el nombre de pila del empleado, seguido de un pequeño eslogan que decía: «Compañeros en asistencia.» Ya no se indica ni el título académico ni el puesto, todos son «compañeros en asistencia».

A mí me parecía que eso daba a los pacientes una falsa sensación de seguridad y hacía que asumieran erróneamente que todo el que participaba en su «asistencia» estaba igualmente cualificado. Algo que, por supuesto, le convenía al Centro Médico Metropolitano.

Metí rápidamente la vieja placa descolorida en un recipiente con limpiador de metales y la froté con un trapo suave hasta que le saqué brillo. Cuando fui a trabajar al día siguiente, hice algo completamente impropio de mí. Me coloqué la placa de oro reluciente y lucí mi «E. D.» con actitud desafiante. Lo increíble del caso es que nadie, ni siquiera el auxiliar administrativo amargado de mi planta, se atrevió a decirme nada: otro pequeño milagro.

A consecuencia de mi encuentro con Joe, tengo que admitir que comencé a encontrar excusas para ir al Shop-Well más a menudo de lo estrictamente necesario. Me acordaba de que necesitábamos leche u olvidaba deliberadamente comprar cereales, para volver a la mañana siguiente. Pese a que sólo me llevaba uno o dos artículos cada vez, recorría todos y cada uno de los pasillos en una especie de misión de reconocimiento, con la esperanza de volver a tropezarme con Joe.

Jim cada vez estaba más preocupado por lo que a él le parecía un estado de distracción alarmante. A pesar de que estaba absolutamente impresionado con toda aquella nueva energía en mí, me percaté de sus miradas suspicaces y de las malas caras que me ponía cada vez que anunciaba que tenía que hacer otro viaje al supermercado.

También comencé a arreglarme un poco por la mañana, antes de salir hacia el Shop-Well. Tampoco es que me esforzara demasiado, pero me paraba a maquillarme y me cepillaba el pelo antes de recogerlo en una coleta. Un par de veces vi que Jim olisqueaba el aire mientras dormía, después de que yo me hubiera echado unas gotitas de perfume. Sonreí. También comencé a ponerme un pañuelo de colores en la coleta, en lugar de dejar que la goma elástica realizara sola su función. Al fin y al cabo, Joe había dicho algo de que me cuidara más, ¿no? Además, ¿cómo podía enamorarme de mí misma si me exhibía en público tal como me levantaba de la cama?

Tras la segunda semana de infructuosa búsqueda entre los pasillos del Shop-Well, donde no encontré ninguna pista de Joe, comencé a darme cuenta de lo tonta que estaba siendo. Por experiencia, sabía que si Joe quería que lo viera, no tendría ningún problema para encontrarme.

Pasó otra semana y me sentía con tanta energía

que un día me llevé las zapatillas de deporte al supermercado, para así poder correr por la playa después de haber hecho la compra. Llevaba años sin correr y me avergonzaba que me vieran en el paseo entablado, donde los corredores serios iban a realizar sus ejercicios matutinos. Supuse que no sería tan humillante si evitaba el paseo entablado por el momento, por lo menos hasta que me encontrara en mejor forma.

Decidí correr por la arena mojada y compacta de la orilla, que casi nadie utiliza por miedo a arruinar las caras zapatillas de deporte con el salitre del agua. A mis zapatillas tanto les daba, porque ya les había hecho un corte para que se adaptaran a mis juanetes. Era la única forma de poder correr sin tener que soportar un dolor insufrible. Cuando era joven, no tenía que utilizar esta clase de trucos, pero tampoco estaba en tan mala forma.

Inicié mi nueva rutina esforzándome tanto como me permitieron mis músculos aletargados. Me planté delante de la orilla y realicé una tímida sesión de estiramientos. Después de esos preparativos, ya estaba lista.

La mañana era agradable y el cielo del color de los pomelos rosados. Inspiré profundamente y comencé a correr despacio. La brisa marina alimentaba una niebla fresca que flotaba sobre la cresta de las olas y me salpicaba con su refrescante humedad. Me sentía cada vez más despierta a medida que llenaba los pulmones con el aire del océano. Había decidido no medir las distancias, sólo controlaría el tiempo e intentaría correr de forma constante durante veinte minutos.

Me costó mucho más de lo que había pensado. Al cabo de sólo cinco minutos, reparé en la dolorosa existencia de ciertos músculos que no habían cobrado vida en más de una década. El sudor me empapaba la frente y me atacó el flato, pero seguí adelante, inasequible al desaliento.

Otro corredor solitario se cruzó conmigo y me saludó con la cabeza. Conseguí controlar la respiración para dar la falsa impresión de que correr no me causaba problemas. Por supuesto, justo después de que pasara, bajé la marcha y solté un gruñido.

Transcurridos los veinte minutos, me detuve de golpe y comencé a caminar en pequeños círculos, con las manos en las caderas, jadeando y sudando profusamente. Me detuve y me incliné hacia delante, intentando controlar la respiración y calmar el dolor en el costado.

No me di cuenta de que, a solo unos pasos, había un hombre de pelo largo sentado sobre una Harley Davidson.

—No es imprescindible sufrir para perder peso —dijo una voz melodiosa.

Aunque el tono era tranquilo, me sacó de mi estado absorto y di un respingo.

—Joe —exhalé, pasmada ante aquella visión.

Tomé un poco más de aire. No estaba segura de si me había quedado sin aliento por el ejercicio o por la sorpresa de volver a verlo. Sus rasgos eran más suaves, como si lo estuviera mirando a través de la lente de una cámara especial, con la cara tan radiante como el mar centelleante y ligeramente iluminado por el resplandor rosado del cielo matinal.

—¿Qué te parece el amanecer? —me preguntó, levantando la mirada hacia el cielo incandescente que tenía a mi espalda.

Una brillante línea carmesí iluminaba el horizonte, como un preludio del sol naciente.

—Es precioso —suspiré—. Verdaderamente magnífico.

—Pues tú también, Christine —dijo simplemente.

—¿Qué?

—Digo que exactamente como tú —añadió tras una breve pausa—. No te mates con el ejercicio ni con nada por el estilo. Eres preciosa en todas tus etapas, Christine... como el amanecer. Intenta disfrutar del proceso.

Estaba a punto de llorar, me ardían los ojos. Había pasado un montón de años desde la última vez que un hombre me dijo que era bonita y, hasta ese preciso momento, ni yo misma era consciente de lo mucho que había deseado que volvieran a decírmelo.

Esta vez no me paré a pensar. Corrí hacia Joe y le lancé los brazos al cuello. Él me acogió con un abrazo dulce y cálido.

—Las cosas no son tan difíciles como quieres que parezcan, Christine —me susurró al oído—. Todo es mucho más fácil de lo que parece.

—Vale, intentaré recordarlo —le prometí, levantando la cara para ver sus ojos color caoba—. Lo que pasa es que todo me supera enseguida ¿sabes? Me preocupo por los niños, por el dinero, por Jim y por mí, y por lo que puede suceder si no consigo arreglar nuestra relación y...

—Shhhh —susurró Joe con una sonrisa, poniéndome el dedo en el hoyuelo del labio superior—. Deja que te enseñe una manera de saber cuál debe ser tu prioridad del día, ¿vale? ¿Estás preparada?

—Dime. —Tragué saliva.

—Mira el espejo —comenzó—. En serio. Es así de simple —insistió, con sus manos envolviendo mi rostro—. Si quieres saber lo que tienes que hacer, mira el espejo y lo que veas en él será en lo que quiero que pongas especial cuidado ese día.

—Pero si siempre veo lo mismo —protesté—. A mí.

—Pues ahí está —contestó.

—Pero...

—Ésa es la clave —me interrumpió—. Si quisiera que fueras contando las copas que tomó Jim la noche anterior o con quién se las tomó, en el espejo verías reflejada la cara de Jim. Pero no la ves, ¿verdad? Y eso es porque el que tiene que cuidar de Jim es Jim y la que tiene que cuidar de ti eres tú. ¿Entiendes?

—Pero...

—Pero nada —me cortó Joe, con una carcajada—. ¿Por qué siempre te cuesta tanto aceptar las lecciones más simples? Te di este cuerpo y esta vida para que hicieras lo que quisieras, pero no puse en tus manos el control de la vida de nadie más. ¿Lo comprendes?

En ese momento no dije nada. Joe tenía razón, claro. Pero es que no me imaginaba cómo iban a ir las cosas si no me mantenía alerta y no controlaba personalmente los aspectos económicos y prácticos del cuidado de la familia.

—Y, por cierto —añadió con una sonrisa maliciosa—, controlar el universo es mi trabajo; no el tuyo, ¿vale? ¿Queda claro?

Estaba asustada. Joe parecía pedirme que dejara de intentar controlar todo lo que, de todas maneras, tampoco conseguía controlar. Supongo que quería enseñarme que mis sensaciones de poder y eficiencia eran sólo una ilusión. Sin embargo, no podía parar de preguntarme qué pasaría si lo dejaba todo al azar. ¿Quién haría todo el trabajo de casa? ¿Quién prepararía la comida para los niños? ¿Quién la compraría? Y lo que era más importante aún, ¿de donde saldría el dinero?

No, me dije, Joe se había equivocado por completo en eso. Alguien tenía que asumir la responsabilidad de llevar una casa, y ese alguien tenía que ser yo. Es indiscutible que Jim es un soñador y un artista, mientras que yo soy práctica, sensata y realista. Sé hacerme con el control de la situación y lo avalan mis veinte años de enfermera. No me cabía la menor duda de que yo debía asumir el control. Abrí la boca para explicárselo, pero Joe ya había comenzado a hablar.

—¿Dónde ha quedado el romanticismo de tu vida, Christine? —me preguntó, y la pregunta me sorprendió—. Y ya que estamos, ¿dónde está tu sentido del humor? ¿Y tu creatividad? ¿Y tus ganas de divertirte? ¿Y tu pasión?

Tenía la ligera impresión de que mi boca seguía

abierta pero, aunque sea raro en mí, no salía de ella ni una palabra.

—Mira —murmuró Joe suavemente, mientras apuntaba al horizonte, detrás de mí.

Obediente, me volví y lo que vi me hizo ahogar un grito de asombro. El cielo era una mezcla indescriptible de tonos rosados y dorados, donde se recortaban bellamente las siluetas de los botes que navegaban a lo lejos. Un regimiento de delgadas nubes del color de las llamas escoltaban al majestuoso sol de oro, que, alzado sobre el océano, derramaba una suave luz dorada sobre la playa.

—Ay, Joe —logré balbucear, incapaz de apartar los ojos de aquella espectacular vista—. Cuánta razón tienes. ¿Dónde está el romanticismo de mi vida?

Esperé su sabia respuesta. Como no llegaba, me volví y me sorprendió ver que, salvo por las huellas recientes de los neumáticos, la playa estaba completamente desierta.

Cinco

Las preguntas de Joe me obsesionaron durante unos cuantos días. No podía dejar de pensar en cómo podían redescubrirse aspectos tan intangibles como el romanticismo, la diversión, la pasión y la creatividad. ¿Por dónde esperaba que empezase? Además, cualquier persona razonable que supere los cuarenta sabe que eso son cosas que suelen desaparecer cuando se entra en la mediana edad. Si tuviera que decir algo, diría que los perdí en las mismas misteriosas y oscuras cavernas de mi mente que también se habían tragado el entusiasmo, el idealismo y la esperanza por un futuro mejor.

La supervivencia y la seguridad económica habían reemplazado insidiosamente las frívolas metas de la juventud, y quizá sea así como se supone que debe ser. Quiero decir que, cuando se tiene una familia, hay muchas más cosas por las que preocuparse que las pasiones y la diversión. Al menos, eso era lo que yo siempre había creído. Si ésa era la manera, como siempre indirecta, en que Joe me indicaba que debía tomar un nuevo rumbo, me pareció que lo mismo me podía haber pedido que sacara un conejo de una chistera. Simple y llanamente, no podía hacerlo.

Me quedé sentada en el coche, reflexionando sobre todo eso, mientras esperaba delante de la escuela de karate a que los niños acabaran su clase. Pensaba llevarlos a casa para que cenaran rápido y Joey se pusiera con los deberes. Luego llevaría a Gracie a su clase de ballet. Pero entonces ocurrió algo extraño. Joey salió como un torbellino por la puerta de la escuela y se metió de cabeza en el coche, con una cajita de cartón llena de hierba y trozos de lechuga. Sin darme tiempo a preguntar nada, Gracie apareció con un conejito escuálido acurrucado entre sus bracitos rechonchos.

Supongo que no debería haberme sorprendido.

—¡Mami! —exclamó Joey con la excitación propia de los niños de nueve años—. ¡Gracie ha encontrado un conejo! ¿Nos lo podemos quedar? Por favor, mamá. No dará problemas. ¿Podemos? Por favor.

—No sabes si él es un conejo —reprochó Gracie a su hermano—. Podría ser una coneja, ¿verdad, mami? —dijo, sosteniendo al tembloroso animal contra el pecho—. ¿Nos la podemos quedar? Por favor, ¿podemos? Ya le he puesto nombre. Se llama *Jersey*.

Entonces ocurrió otra cosa extraña. Me oí decir «sí», a pesar de saber que sería yo la que acabaría cuidando de aquel débil animalillo. En aquel momento, no era consciente de que aquel conejo medio muerto de hambre que sostenía mi hija sería el catalizador de algunos importantes cambios en la dinámica de nuestra familia.

Gracie decidió que no quería ir a su clase de ballet esa noche y, aunque sé que debí darle un sermón sobre la responsabilidad y sobre acabar lo que se empieza, la verdad es que sentí un gran alivio. No tenía ganas de conducir más, y eso por no mencionar que así podría preparar la verdura y la pasta que había comprado por la mañana en una de mis excursiones diarias al Shop-Well.

Nunca imaginé que llegaría a estar ansiosa por cocinar, pero, por raro que parezca, al disponer inesperadamente de un rato libre, me entraron ganas de cocinar una auténtica cena casera para mis hijos. Jim tenía un par de clases apalabradas en la escuela primaria de Bradley Beach y luego una actuación con su banda en el Harold's, así que no llegaría a casa hasta mucho más tarde. Por algún motivo, eso también me quitó un peso de encima. Supongo que me sentí un poco más libre para experimentar en la cocina. Y no es que Jim se hubiera quejado nunca. Supongo que sólo tenía miedo de que se quejara algún día.

Me sorprendí tarareando mientras ponía a hervir el agua para la pasta y comenzaba a cortar los tomates, las cebolletas y los ajos. Entonces capté un sonido muy extraño procedente del salón, donde Joey y Gracie jugaban con su nueva mascota. Se trataba del maravilloso y característico sonido de las conversaciones. Por increíble que parezca, su entusiasmo infantil por *Jersey* les había hecho olvidar sus entretenimientos habituales, esto es, la tele, los videojuegos y los cedés. Por primera vez, no se oía nada más que las risillas sofocadas y los comentarios emocionados de mis dos hijos. Sus risas y sus chillidos de placer me acariciaban los oídos y, por un momento, dejé de cortar la verdura y me quedé escuchándolos con una enorme sonrisa que nacía de lo más profundo de mi ser.

Cenamos en la mesa, juntos, sin mirar el reloj y sin el parloteo incesante del televisor. Me avergüenza admitir que ni siquiera recordaba la última vez que habíamos cenado así. Los niños me contaron que Gracie había encontrado el conejo en el patio del colegio. Joey la había ayudado a capturarlo, y la maestra de Gracie les había explicado los pormenores de la dieta de un conejo. Nos reímos, charlamos, comimos... Y tuve la vaga impresión de que un rincón hambriento de mi alma encontraba, por fin, alimento.

Gracie y Joey jugaban a pillar en el jardín mientras yo lavaba los platos y los observaba desde la ventana de la cocina. La tarde de septiembre, en los últimos días del verano, era todavía cálida y agradable. Hasta el irritante ruido de la puerta mosquitera, que no paraba de dar portazos, me traía recuerdos agradables de los días despreocupados de mi infancia y me di perfecta cuenta de que me acababan de hacer un regalo precioso.

Los chicos se sentaron en la mesa de la cocina e hicieron sus deberes, mientras yo les preparaba los bocadillos para el almuerzo del día siguiente. Estaba concentrada con el bote de mantequilla de cacahuete cuando Joey me preguntó si quería hacer un «test de inteligencia». Le dije que sí y él me hizo unas cuantas preguntas simples, que yo respondí sin pensarlo entre fruta, pan, tarros y envoltorios. Gracie y Joey se reían de mis respuestas. No entendí qué les hacia tanta gracia hasta que, en la décima pregunta, Joey me dedicó una mirada maliciosa y me dijo:

—Gracias por hacerme los deberes, mami.

Por lo que fuera, no se me ocurrió darle un sermón sobre honestidad y, en lugar de eso, me reí de mí misma. Para sorpresa mía, reírme me hacía sentir mucho mejor que sermonear.

Después de que se bañaran, nos reunimos todos en la habitación de Gracie, donde se pusieron los pijamas y se prepararon para ir a la cama. Esa noche, los dos querían dormir con el conejo, así que decidimos que Joey dormiría en el plegatín que había en la habitación de Gracie para que el conejo «no se sintiera solo». Los dos me dieron un beso de buenas noches y luego corrieron a la caja de cartón que habíamos dejado en un rincón de la habitación y le dieron las buenas noches a *Jersey*.

—Mamita —dijo Joey, cuando ya salía de la habitación. Hacía siglos que no me había llamado así. Por lo general, decía «mami» o «mamá», pero nunca «mamita».

—¿Qué pasa, cariño? —pregunté desde el umbral.

—Esta noche me lo he pasado muy bien.

—Yo también —admití con una sonrisa.

—Y yo —añadió Gracie desde su cama.

Pero Joey no había terminado.

—¿Crees que podríamos hacer esto todos los días

si Gracie dejara el ballet y dejáramos también el karate? —preguntó—. Me gusta mucho más estar contigo que con el profesor de karate.

—Y a mí —corroboró Gracie.

Menos mal que estaba oscuro y mis hijos no vieron las lágrimas que asomaron a mis ojos. Desanduve mis pasos y me senté en un lado de la cama de Joey, en la oscuridad. Lo abracé y besé la suave piel de su mejilla.

—Me parece una buena idea —dije, con la esperanza de que mi voz no reflejara la profunda emoción que me embargaba. Me levanté y besé también a Gracie—. Ya hablaremos de esto por la mañana, ¿de acuerdo?

Cuando los niños se hubieron dormido, salí al jardín con mi vieja y oxidada silla de playa. Me dejé caer en ella y miré fijamente el cielo oscuro, aspirando los últimos efluvios del aire veraniego, cargado de olor a flores. Levanté la vista hacia las estrellas y comencé a buscar las constelaciones que había memorizado de pequeña. Cuando apenas había tenido tiempo para identificar la Osa Mayor, sentí el calor de una mano sobre la mía, que tenía apoyada en el brazo de la silla de playa. Podía haberme asustado, pero no tuve miedo. Sabía quién era.

—Esta noche has estado maravillosa —dijo Joe con dulzura.

—Gracias —murmuré, todavía con la vista en las estrellas.

—¿Eres feliz? —preguntó.

—Tiene gracia que lo preguntes —respondí con

una sonrisa satisfecha—. Hacía años que no era tan feliz. No sé si acabo de entender por qué, pero tampoco me lo planteo. Simplemente disfruto de mi felicidad.

—Bien.

Entonces me di cuenta de cuánto me había costado encontrar la felicidad donde debía. Hasta entonces solía buscarla en el fondo de un helado de medio litro o en mi informe laboral anual o en la balanza o en mi sueldo. Me di cuenta de que me sentía satisfecha sin tener ninguna razón en particular. Normalmente, a esa hora, estaba exhausta y asaltaba la nevera en busca de consuelo, energía o cualquier otra cosa. Que yo recuerde, era la primera vez que no tenía hambre a esa hora. Pensé que un poco de té aromático me sentaría bien, pero no quería nada más.

—Me alegra que vuelvas a comunicarte con tu cuerpo —sentenció Joe—. Eso siempre va bien.

Como por arte de magia, el viejo velo que me había hecho ver las cosas de forma confusa durante cuarenta y ocho años comenzó levantarse. Entonces me di cuenta de que había vivido cerebralmente, sin escuchar a mi cuerpo. Había tratado a mi ser físico como si no tuviera voz ni voto. Sin duda, llevaba demasiados años luchando contra mi peso. Siempre medía lo que podía comer y jamás escuchaba lo que tenía que decir mi cuerpo.

—¿De verdad es todo tan simple, Joe? —pregunté, con evidente turbación—. Nunca me paro a pensar en cómo me siento. Quiero decir, cómo me siento de verdad. Siempre estoy con dietas y visitando a supuestos expertos para que me digan lo que mi cuerpo necesita. Pero no es su cuerpo, es el mío. Lo que pasa es que nunca le he prestado demasiada atención ¿no?

—Eso es.

Estaba lanzada y no podía parar de hablar.

—Esta noche me he permitido experimentar sensaciones que hacía años que no sentía y, de golpe, no tengo nada de hambre. Eso sí que es un verdadero progreso, ¿sabes? Ayúdame a recordarlo, ¿vale? ¡No quiero volver a separarme de mi cuerpo nunca más!

Estaba convencida de que Joe se alegraba por mí, pero aun así lo veía pensativo.

—¿Estás ya preparada para dar un paso más? —me preguntó finalmente.

—Sí, claro. Por su puesto —mentí.

Un solo progreso al día era más que suficiente para mí, pero esa noche Joe estaba envuelto en un aura de tristeza, y yo quería que fuera tan feliz como yo. Cuando se ponía así, lo único que parecía animarlo era poder darme dolorosas lecciones. Por eso no me importaba en absoluto seguir profundizando voluntariamente en mi vida.

—¿Has pensado en nuestra última conversación? —quiso saber—. La del romanticismo, la diversión y la creatividad...

—Claro —contesté con orgullo—. ¿Es que no me has visto esta noche? ¿Acaso no has visto el plato de pasta que he preparado? ¡Eso sí es creatividad!

Pero Joe no se rió, y eso me asustó.

—Hablemos de tu relación con Jim —sugirió—. ¿Qué tal va?

—Supongo que bien —tanteé—. Vamos, es que tampoco lo veo demasiado y, bueno, supongo que va bien.

Joe me estrujó la mano y se inclinó para mirarme a los ojos. Había en él una intensidad y una fuerza que nunca antes había visto.

—Pues no es suficiente, Christine —dijo—. Tienes que exigirte más por lo que respecta a las relaciones. Tienes que volver a avivar el fuego. Tienes que recuperar los sentimientos. ¿Lo entiendes?

No me gustó que toda la responsabilidad de la salud de nuestro matrimonio tuviera que recaer sobre mis hombros. Quiero decir que, seguramente, yo tengo parte de culpa y quizás haya cometido algunos errores, pero Jim también. Al fin y al cabo, cualquier relación necesita de la participación de dos personas. ¿Por qué me cargaba a mí con todo el peso? Esperaba con todo el corazón que no me dijera que no estaba poniendo lo suficiente de mi parte, porque si lo hacía, acabaríamos discutiendo. Yo trabajaba en casa como una esclava, por no mencionar que también ganaba la mayor parte del dinero, mientras que Jim se sentaba en un bar a tomar unas copas y tocar con su banda. Ah, no. Iba a ser inflexible en este punto.

—No, Joe —respondí—. No lo entiendo. Para devolver la chispa a una relación hacen falta dos —le añadí—. Sabes perfectamente que no puedo hacerlo sola.

—Te equivocas, Christine —me corrigió, sin poner ni una brizna de reproche en su voz—. Para encontrar el romanticismo con tu pareja, primero debes ser romántica. Tienes que ser capaz de vivir con tu romanticismo.

—¿Ah, sí? —exclamé, boquiabierta.

—Tienes que hurgar en tu interior para encontrar tu espíritu aventurero, recordar qué hay que hacer para pasarlo bien y reavivar tus pasiones. El romanticismo consiste en eso. Tiene muy poco que ver con la persona que comparte la vida contigo y muchísimo con la forma de verte a ti misma. Si no recuerdas qué es el verdadero romanticismo, mira a tus hijos, porque ellos son el vivo ejemplo. Si los observas con detenimiento, te mostrarán cómo debes comportarte en cada momento.

Entonces me asaltó un terrible pensamiento.

—¿Estás a punto de volver a irte, Joe? —pregunté con la mayor ternura con que jamás había preguntado nada—. Porque yo todavía no estoy preparada. No tengo ni idea de cómo voy a reconstruir mi vida. Todavía te necesito, Joe.

—Ya lo sé —respondió—. No me voy a marchar tan pronto. Lo que pasa es que quiero que tú... y el resto del mundo... consigáis arreglar este asunto del amor.

Suspiré aliviada. Por lo menos tendría asegurado un respiro temporal.

—Sabes que lo intento, Joe —insistí—. Pero si quieres pondré más empeño. Sólo necesito unos cuantos consejos más, ¿vale?

—Vale. Muy bien —respondió, resplandeciente—. Dime, ¿qué fue lo primero que te atrajo de Jim? Tienes que ser totalmente sincera, Christine.

—Eso es muy fácil —contesté—. Su música. Me encantaba lo que era capaz de hacer con su saxofón.

—¿Y qué más? —me presionó, para conocer más detalles—. Intenta recordar.

—Bueno, me encantaba la idea de estar enamorada de un músico —admití como un corderito, e inmediatamente me avergoncé de tener tan poco carácter—. Era emocionante, ¿sabes? Veía que las demás chicas me envidiaban. Quiero decir que Jim podía haber elegido a cualquiera, pero me escogió a mí y eso me hacía sentir muy especial.

—Todo el mundo quiere sentirse especial —apuntó Joe con dulzura—. Pero cuéntame más cosas de por qué te enamoraste de Jim.

No estaba segura de qué andaba buscando, pero sabía que Joe siempre perseguía la verdad, por estúpida que pareciera. Sin perder de vista esa idea, continué hablando.

—Una vez, cuando creía que no le miraba, vi que daba la mitad de su bocadillo a un vagabundo —acabé diciendo—. Me caló muy hondo.

—Ya me acuerdo —dijo Joe, con una sonrisa—. A mí también me caló.

—... Y era una de las personas más alegres que he visto en la vida —añadí—. ¿Sabes? Cuando se levantaba, lo primero que hacía de buena mañana era comenzar a cantar o a silbar. ¿Cuánta gente conoces que se levante así?

Me detuve un momento y me paré a pensar en

todo aquello. De repente, me di cuenta de que hacía una eternidad que no escuchaba los silbidos ni los cantos desenfadados de Jim, y me invadió una enorme tristeza.

—Y ahora dime qué pasó —me instó, poniendo la directa—. ¿Dónde fue a parar tanto amor? —preguntó—. Y, sobre todo, ¿qué es lo que tanto te preocupa?

No quería contestar a esas preguntas. Ponerme bajo aquel microscopio cósmico a través del cual Joe quería observarme era doloroso. Estaba a punto de negarme, pero al mirar sus ojos, sinceros e inquisitivos, supe que no podía decepcionarlo.

—El poder —admití con voz rota—. Me da miedo que Jim pueda tener algún poder sobre mí.

—¿Y por qué?

—Porque entonces lo tendría todo —respondí—. Y yo estaría en sus manos.

—Ay, cielos —susurró Joe—. ¿Por qué sigues temiendo ser vulnerable? ¿Por qué todavía te intimida tanto esa parte tierna y femenina que llevas dentro?

—¿Qué? —protesté, incrédula—. No me asusta mi feminidad —insistí con cabezonería—. Me asusta perder terreno a manos de... un hombre... de alguien a quien quiero.

Joe negó con la cabeza y levantó la vista a las estrellas. Se quedó observándolas en silencio, mientras yo luchaba a solas con mis pensamientos. Tuve la extraña sensación de que Joe y yo habíamos entablado una especie de guerra silenciosa e invisible.

Tras lo que me pareció un largo rato, Joe volvió a

hablar, y su tono era tan cálido y suave como la propia noche de verano.

—La única razón por la que te asusta dejar que Jim se te acerque es el miedo a que lo que encuentre le decepcione..., porque tú estás un poco decepcionada contigo misma. ¿No es así, Christine?

Mi primer impulso fue protestar, pero sabía que sería en vano. Desde el preciso momento en que pronunció esas palabras, supe que eran ciertas. Nunca había querido que Jim descubriera que sólo era una más del montón. Estaba condenada a ser una asalariada para toda la vida, a trabajar a la sombra de alguien, sin luz propia con que brillar. Mucho tiempo atrás me había dado cuenta de que en este mundo de carreras de caballos purasangre, yo era una mula de carga y siempre lo sería. ¿Quién podía culparme por no querer compartir esa información con mi marido?

Joe me sujetó las manos entre las suyas.

—Christine, eres una artista del más antiguo y noble linaje —dijo, con dulzura—. ¿No lo sabías?

—¿Ah, sí? —vacilé, respirando hondo—. Pues tú dirás.

—No eres una más del montón. Tú curas a la gente —explicó, y yo ladeé la cabeza como un perrito ávido de caricias y esperé a que continuara—. Educar y curar forma parte de tu destino, independientemente de cómo te ganes la vida —dijo—. A las personas como tú las llamaban chamanes y gozaban de un gran prestigio en la sociedad. Tú eres una descendiente directa de ese linaje. Sin duda alguna, por eso elegiste la profesión de enfermera. Pero la medicina moderna ya no valora tus talentos ni tu preciosa intuición en esa área. Por eso debes encontrar otro camino que te permita brillar con luz propia.

Me quedé pasmada. Sin habla. Y halagada.

—¿Y sabes qué? —añadió.

Incapaz de contestar, me limité a negar con la cabeza.

—Todas las personas del mundo son artistas y especiales a su modo —me explicó—, pero no todos se dan cuenta. Jim tiene suerte. Es la clase de artista que los demás también reconocen. A los bomberos, las madres, los científicos, las camareras, los maestros y los contables les resulta mucho más difícil reconocerse como los artistas que son. El truco está en encontrar una forma de expresarse mediante el trabajo que se tiene. Debes descubrir el fin y la belleza de todas esas pequeñas cosas que creas al cabo del día, ya sea un plato de pasta, una operación de reanimación hecha, un hogar armonioso o una nota de música, un bonito cuadro o un juego con tus hijos. Todo eso mejora la calidad de vida.

Cuando finalmente entré para irme a la cama, todavía estaba desconcertada por las palabras profundas y sinceras de Joe. Miré a mis hijos y les di un beso suave en sus mejillas de satén, sin despertarlos. Me sentía como si estuviera flotando.

Antes de meterme en la cama, algo me empujó hacia la cocina, donde hice algo que no había hecho en muchos años. Saqué mi maravilloso plato de pasta de la nevera y lo dejé al lado del microondas. Entonces me acerqué al armario de la vajilla, saqué uno de mis platos favoritos pintados a mano, que casi nunca uso, y lo coloqué sobre la mesa de la cocina. Finalmente, dejé una nota para Jim en un Post-it rosa. Escribí:

> Si tienes hambre, esta muestra de mi arte es para ti.
>
> C.

Me desperté ligeramente en mi sueño cuando Jim regresó de su actuación en el Harold's. Estaba demasiado cansada para abrir los ojos y sólo era vagamente consciente del rumor reconfortante del microondas y el ruido de cubiertos a lo lejos.

Entonces mi marido entró de puntillas en la habitación, se deslizó a mi lado y me besó con gran ternura en el hombro desnudo. Sin avisar, me caí de cabeza al vacío, tal como hacía diez años atrás, y me dejé llevar por adormilados recuerdos de nuestro antiguo amor.

Seis

Además de estrechar el contacto con mis hijos, también comencé a entregarme más a mis pacientes. Al fin y al cabo, era una artista y cuando estaba en el trabajo, el pie de la cama era mi lienzo. Comencé a hablar con los pacientes y descubrí que la gente mayor tenía historias fascinantes que contar si alguien se permitía un poco de tiempo para escucharlas. En el Centro Médico Metropolitano, yo no me lo podía permitir, pero, aun así, los escuchaba. En lugar de rellenar el papeleo en el silencio estéril de la sala de enfermeras, me llevaba los formularios a las habitaciones de los pacientes, me sentaba en una cómoda silla y los animaba a hablar mientras yo preparaba mis informes de turno, levantando la cabeza de vez en cuando para compartir una sonrisa con ellos.

Comencé a sentirme enfermera de nuevo. No, a sentirme una chamán. Me encantaba ese término y hasta consideré añadirlo a mi placa de identificación. Iba mejorando cada día, hasta que nuestro auxiliar administrativo, sólo preocupado por los horarios y los números, me llamó aparte. Me dijo que pasaba demasiado tiempo junto a las camas, en lugar de hacerme cargo de otras tareas importantes como las facturas de suministros o la preparación de los informes para que las mutuas médicas nos pagaran.

Me reí.

Él no.

—En mi opinión, cuidar y consolar al paciente es trabajo de enfermeras —repuse con decisión, sorprendida de que un administrativo que nada tenía que ver con la medicina se creyera con derecho a criticar mis décadas de experiencia y aptitudes.

Desgraciadamente, tenía todo el derecho. El sistema sanitario actual del Centro Médico Metropolitano le concedía ese inmerecido privilegio, y yo no podía hacer nada por evitarlo. ¿O sí?

—Aguantarles la mano no sirve para que las terceras partes nos paguen —me replicó, ajeno por completo a la estupidez que acababa de pronunciar—. Tú eres una enfermera diplomada con un sueldo muy alto —continuó—. Deberías tener ocupaciones mejores.

—Tienes toda la razón —dije—. Y las tengo. En ese pasillo hay una mujer a la que se le acaba de implantar una prótesis de cadera y a la que le da un miedo terrible moverse. Necesita que alguien le devuelva la confianza y hasta le dibuje lo que se le ha hecho para que empiece a aceptar esa nueva parte de su cuerpo —espeté, y me levanté para marcharme—. Si me permites, tengo que hacerme cargo de muchas personas, y no de tanto papel.

Giré sobre mis talones y volví con mis pacientes,

convencida de que no tenía nada que perder, excepto un trabajo que odiaba hacer como me mandaban. Estaba segura de que Joe tenía razón al decirme que era una artista y una chamán, y no pensaba negarlo. Decidí hacer mi trabajo tal como sabía que debía hacerse y dejar que las cosas cayeran por su propio peso. Era una enfermera, no una máquina de rellenar papeles, y esa idea me satisfacía enormemente.

Me di cuenta de que me había acostumbrado a aceptar la mediocridad, y no sólo en el trabajo sino también en mi matrimonio. Si quería ser sincera, sabía que tendría que centrarme en lo que estaba pasando entre Jim y yo. En las pocas ocasiones en que compartía mis desgracias maritales con otras mujeres, lo que siempre acababa saliendo en la conversación era la estupidez de que debía dar gracias por tener compañía a mi edad. ¿Por qué siempre dicen eso? Como si después de los cuarenta lo único que se pudiera pedir a una relación fuera estar bien acompañado. Pues yo quería algo más. Quería amor, pasión, emoción y romanticismo, y no esa estupidez de «estar acompañada». Había silenciado mis sentimientos manteniéndome ocupada un montón de años, mientras las demás facetas de mi vida se ponían en punto muerto. No tenía ninguna intención de continuar en esa especie de limbo ni un segundo más. Ya era hora de poner las cosas en su sitio.

Acabé mi turno y salí a la cálida y dulce tarde de septiembre. Había llovido hacía poco, pero el sol volvía a brillar con sólo alguna pincelada de otoño en el claro cielo.

Mientras me dirigía al concurrido aparcamiento donde tenía el coche, me asaltaban multitud de pensamientos y preguntas sobre cómo debía reorganizar mi vida. Sentía que ya habían empezado a producirse algunos cambios importantes, especialmente desde que había comenzado a sentirme más cerca de mis pequeños hijos, y me preguntaba si debía sentirme satisfecha sólo con eso.

—La autocomplacencia nunca es la meta —dijo una voz familiar, pero no me sorprendió lo más mínimo encontrar a Joe sentado en su Harley, al lado de mi Toyota.

—¿Qué tiene todo el mundo en contra de la comodidad? —dije, muerta de risa.

—Mientras no olvides seguir creciendo cuando estás tan ocupada en comodidades... —bromeó. Entonces golpeó el asiento de piel de su moto—. Vamos, ven a dar un paseo conmigo —me invitó.

No me lo esperaba y me puse un poco nerviosa.

—¿Qué? No, no, Joe, no puedo.

—Claro que puedes —me retó con una sonrisa picarona—. Jim recoge hoy a los niños en el colegio y, si me permites, tienes suficientes provisiones para alimentar a un ejército.

—Pero...

—Pero a menos que tengas algo mejor que hacer que buscar el sentido de la vida —me interrumpió—, me parece que es un buen momento para realizar una seria introspección en tu alma —dijo, mordiéndose el labio inferior para ocultar una sonrisa burlona, mientras esperaba mi respuesta.

No muy convencida, agarré el casco que me tendía y me subí detrás de él.

Salimos del aparcamiento del hospital ante las miradas atónitas de los visitantes que llevaban flores y los empleados que cambiaban de turno. Supongo que aquella reacción no debería haberme sorprendido.

En un hospital digno y conservador como aquél, Joe y yo formábamos una extraña pareja: una enfermera cuarentona con la ropa del hospital, de paquete en una motocicleta con un tipo de pelo largo y aspecto extravagante, que saludaba con la cabeza y sonreía a todo el que se le cruzaba. Lo curioso del caso es que la situación me pareció divertida.

Aceleramos un poco y nos dirigimos hacia el norte por Ocean Avenue, con la brisa húmeda del mar bañándome la cara. Mientras corríamos entre casas, puestos de perritos calientes y restaurantes, me vacié del aire putrefacto del hospital y me llené los pulmones de aire oceánico, fresco y limpio.

—¿Adónde vamos? —grité al oído de Joe.

—A Sandy Hook —respondió por encima del rugido del motor.

Sandy Hook era una pequeña península de Jersey que penetra en el océano como un garfio. Las playas de esa península no están edificadas y tienen una belleza tosca. Cuando el cielo está claro, algo habitual a principios del otoño, se ve Manhattan desde la orilla.

Joe condujo unos cuantos kilómetros más, hasta la punta del garfio, y se detuvo en el último aparcamiento. Desmontamos y colgamos los cascos del manillar, como una pareja de curtidos motoristas. Me quité los zapatos y, con ellos en la mano, nos acercamos al agua.

Mientras caminábamos, eché una mirada furtiva a Joe y me sorprendió su extraordinario atractivo físico. La brisa del mar le revolvía la melena y el sol iluminaba las canas plateadas. Aunque no era de portada de revista, tenía un aura de serenidad en el rostro que lo hacía irresistible. Pero lo que más me gustaba de él eran sus labios, carnosos y con una ligera inclinación hacia arriba en ambos extremos, como si fuera a sonreír a la primera ocasión.

Habían pasado años desde la primera vez que observé todos esos rasgos y, de repente, sentí una punzada de culpabilidad. ¿Cómo podía encontrar a ese hombre tan increíblemente atractivo si estaba casada y era madre de dos niños? ¿Cómo podía ser tan frívola? ¿Por qué no había evolucionado lo suficiente para dejar de lado la atracción física y poder centrarme en todas las cosas maravillosas que Joe podía enseñarme? Diez años atrás, cuando lo vi por primera vez, ya me encontré con ese problema, y ahí estaba de nuevo, comportándome como si todavía fuera una quinceañera en busca de una estrella del rock.

Joe debió de notar mi angustia.

—¿Estás bien? —preguntó como quien no quiere la cosa, aunque yo sabía muy bien que él nunca preguntaba nada porque sí. Joe nunca sacaba a relucir una cuestión sin un propósito claro y definido y, además, yo sabía que no me dejaría escurrir el bulto.

Estaba de pie en la orilla y dejé que una ola me mojara los pies desnudos.

—Ay, Joe —suspiré—. Ya vuelve a torturarme lo mismo. Me siento muy culpable por estar aquí contigo.

—¿Y eso por qué? —preguntó, sin demostrar ninguna emoción.

—Porque estoy volviendo a enamorarme de ti —admití, abatida—. Ya sé que nuestra relación se supone que es pura, inocente, casta y todas esas cosas —conseguí añadir—, pero comienzo a sentir algo por ti que no es tan casto —dije, sin acabar de creer que le hubiera soltado aquello. Me sentía fatal—. Soy una mala persona, Joe —continué—. No dejo de pensar por qué Jim no puede parecerse más a ti... y ser amable, paciente, sabio e imparcial.

—¿Y cómo sabes que no es así? —me preguntó con calma.

—Porque estoy casada con él —espeté, aunque creo que lo hice demasiado deprisa. Debí sospechar que Joe me estaba lanzando el anzuelo, que, por otra parte, parecía su método preferido de enseñarme lo que quería que aprendiera en cada momento.

Joe apoyó la espalda en una roca del espigón y, al verlo iluminado por el sol tenue y dorado de la tarde, se me subió el corazón a la garganta.

—En primer lugar —comenzó Joe—, todos esos sentimientos que están despertando de repente y te están invadiendo no tienen absolutamente nada que ver con una atracción física hacia mí. ¿Entiendes? Así que deja de sentirte culpable, ¿vale?

—¿Entonces, qué puede ser? —pregunté.

—Es el amor que vuelve a tu corazón —explicó pacientemente, mientras otra ola me mojaba los pies y se extendía por la arena—. Lo que ocurre es que estás confusa porque hace mucho tiempo que cerrabas el paso al verdadero amor.

—Ah. —Fue lo único que pude decir, ya que me había quedado sin palabras.

—Y sobre eso de que te gustaría que Jim fuera mejor —continuó Joe—, puedes ayudarle relajándote y convirtiéndote en una persona más feliz. Deja de querer solucionarle la vida y concéntrate en ti. Déjale el espacio que necesita para demostrarte quién es en realidad. Deja de contar las copas que bebe, de mirar el reloj y de imaginarte qué estará haciendo por ahí —prosiguió. Los dos estábamos quietos y las olas seguían mojándome los pies—. Deja de controlarle la vida, Christine —me recomendó, y yo, aunque me dolía, sabía que tenía razón.

A medida que habían ido pasando lo años, en lugar de intentar mejorar las cosas, me había vuelto más rígida y controladora, y estaba destruyendo nuestra relación.

No sé cómo pude darme cuenta de aquello en tan sólo un segundo, pero así fue. Quizá fue ósmosis o algo parecido.

—¿Sabías que Jim reza por ti cada noche? —me dijo Joe en un tono tan apagado que casi no se le oía.

Esas palabras me llegaron muy adentro e inmediatamente noté que algo se movía físicamente en mi corazón, como si se produjera uno de esos movimientos tectónicos que producen los terremotos.

—¿Ah, sí? —pregunté con un hilo de voz—. ¿Qué dice?

—Eso es información confidencial.

—Perdona. Es sólo que... —comencé, pero no pude continuar porque la emoción se hinchaba como un globo dentro de mí y menguaba mi capacidad de hablar.

—Dime —me animó Joe.

Comencé a llorar.

—Es sólo que no sabía que todavía se preocupara tanto por mí —sollocé—. Es que es lo más dulce y romántico que ningún hombre haya hecho jamás por mí.

Joe permaneció en silencio mientras yo meditaba. Imagínate, un hombre que reza por su mujer, por una mujer que lo critica y lo atormenta con infinidad de cosas insignificantes. Estaba sorprendida, pero aún me rondaba algo por la cabeza.

No todo lo que me preocupaba era trivial o irrelevante y, aunque rezara por mí, también había hecho cosas que me habían herido profundamente.

Para mí era difícil, por no decir casi imposible, olvidar algunos de esos episodios. ¿Qué se suponía que debía hacer con toda esa carga?

—¿Qué hago con todo mi resentimiento, Joe? —pregunté con timidez. El rostro de Joe se endulzó, lleno de compasión, mientras yo le formulaba la pregunta más difícil—. ¿Cómo me deshago del rencor acumulado por las cosas que me hizo en el pasado?

Sin palabras, Joe extendió las manos dócilmente y yo se las tomé.

—Cárgame con tu resentimiento —murmuró dulcemente—. Es la única manera de deshacerse de él. Sólo tienes que susurrármelo al oído, aunque pienses que no estoy escuchando, y yo me haré cargo de él.

—¿En serio? ¿Así de sencillo? —pregunté esperanzada—. ¿Quieres decir que no lo he echado todo a perder? ¿Quieres decir que todavía hay esperanza para que las cosas vayan bien entre Jim y yo?

—No se han estropeado tanto como crees —dijo Joe, con astucia—. Lo que pasa es que te dejaste llevar por el papel de «esposa». Te abandonaste y comenzaste a preocuparte de todos los demás, y especialmente de sus defectos, en lugar de centrarte en ti. Eso siempre ha sido tu mayor problema.

—¿Y qué debo hacer? Dime algo concreto, ¿eh? —le supliqué.

—Vale —aceptó, después de reírse—. Para que las cosas mejoren tienes que encontrarte a ti misma. Quiero que vuelvas a casa y te reserves un hueco en cualquier parte. Ya sé que la casa es pequeña, pero no necesitas una habitación entera, sólo necesitas un rincón, un espacio que sea sólo tuyo. Personalízalo con cosas que aprecies, ya sabes, con la alfombrilla azul que tanto te gusta, el jarrón pintado a mano que te dio tu hermana, o incluso tu cofia de enfermera, si es que la encuentras.

—¿Y eso de qué va a servir? —puse los ojos en blanco.

Como de costumbre, Joe se mostró infinitamente paciente conmigo.

—¿Te acuerdas de cuando trabajamos juntos hace diez años? —preguntó—. ¿Te acuerdas de cuando te hice hacer limpieza en tu armario y tu no parabas de quejarte por ello?

Pensar en ello me provocó dolor.

—¿Cómo quieres que lo olvide? —admití, soltando un suspiro—. Tenías razón, tenía que abandonar un montón de cosas que me desordenaban la vida y no me dejaban hacer lo que debía —concedí—. Pero ya no es el caso.

—Ya lo sé —dijo—. Ahora lo que quiero es que refuerces un poco tu espacio vital. No quiero que abandones tus cosas con facilidad. En lugar de vivir en nombre del matrimonio, tienes que reservar un poco de tiempo y de espacio para ti sola. Jim lo entenderá. Es un buen hombre. Sólo tienes que volver a poner un poco de fe en él. Siéntate a observar en qué se convierte en el espacio que le dejes. Supongo que no te decepcionará.

—¿Supones? —lo provoqué—. ¿Tienes que suponerlo? ¿No sabes cómo reaccionará Jim?

Joe pareció herido de veras y no era difícil adivinar el motivo. Había vuelto a dudar de él y supongo que estaba harto de tanta desconfianza. Comencé a reformular la frase, pero Joe ya había comenzado a hablar.

—Aquí entra en juego algo llamado «libre albedrío» —explicó—. Me gustaría que la gente intentara recordarlo. Yo no lo controlo todo. Sólo estoy disponible para ti y para todo el mundo, como una especie de servicio de rescate que enseña la salida a los que se han perdido, pero nadie dice que sea obligatorio seguirme. Lo único que digo es que se trata de una decisión personal.

—Lo siento, Joe —murmuré—. Te insulto constantemente, cuando lo único que intentas es ayudarme. ¿Me perdonas?

Joe tardó en contestar. Se separó de la roca en la que

se había apoyado y caminó por la arena que la marea había alisado. Recogió un palito y comenzó a escribir.

—Haré algo mejor que perdonarte —anunció, con una sonrisa—. Te escribiré unos cuantos recordatorios —añadió, grabando las palabras sobre la arena—. Ya sabes, algunas cosillas a las que tienes que prestar especial atención.

Observé atónita cómo escribía con el trazo más exquisito que he visto nunca:

Receta de Christine para el romanticismo:

1. Recuerda que no has dejado de amar ni a tu marido ni a tu trabajo. Has dejado de amarte a ti misma.
2. Si quieres saber cuál es tu objetivo, mira en el espejo.
3. Esfuérzate por no volver a separarte jamás de tu cuerpo.
4. Deléitate sabiendo que eres una artista, una chamán, una sanadora.

Eran palabras profundas y traté de memorizarlas mientras las olas amenazaban con borrarlas.

—¡Joe! —exclamé—. ¿Por qué lo has escrito en la arena? ¡El océano lo borrará!

Impávido, Joe retrocedió y observó cómo las olas barrían hasta el último trazo de sus preciosas palabras.

—La seguridad no existe —afirmó, con una sonrisa—. Eso también debes aprenderlo.

Siete

En los días que siguieron, empezaron a producirse un buen número de cambios, algunos sutiles, otros más obvios. Sin que yo les dijera nada, Joey y Gracie escogieron el jueves como día en el que no realizarían actividades extraescolares, porque estar en casa era mucho más «divertido». ¿Os lo imagináis? Me planteé si aquello respondía al hecho de que llevaba unos días más relajada y quizá se hacía más fácil estar conmigo. Era una posibilidad.

Jim y yo también introdujimos cambios en nuestros horarios para poder pasar esa tarde juntos en familia. Elegíamos distintas opciones para cenar: a veces cocinábamos juntos y otras optábamos por ir a buscar comida rápida. En ocasiones sacábamos juegos de mesa después de la cena y, otras veces nos quedábamos viendo la tele juntos. Una noche, mientras observaba a mi familia bajo el resplandor de la pantalla del televisor sin que ellos lo supieran, me invadió una poderosa sensación de felicidad. Aquella escena tan agradable era un milagro que había anhelado durante mucho tiempo y que por fin se estaba produciendo en el salón de mi casa cada jueves por la noche. Aunque sólo fuera un día a la semana, por el momento ya me bastaba.

En un ataque de optimismo desenfrenado, acepté la oferta de Jim de hacer la compra entre clase y clase. Nunca había confiado en que trajera la marca correcta de lejía o las verduras suficientes, pero, por alguna razón, comencé a darme cuenta de lo insignificantes que eran esos pequeños detalles. Por una vez, había decidido despreocuparme de las compras y aceptar un poco de ayuda por parte de mi pareja. Quizá no parezca gran cosa, pero en el contexto de mi familia, representaba una enorme concesión por mi parte.

Me avergüenza admitirlo, pero a veces Jim traía a casa marcas totalmente distintas que, además de ser más baratas, eran mucho mejores que las que yo solía comprar. Demostró además ser un comprador mucho mejor que yo, y ahorraba con cupones más de lo que yo creía posible. Sin embargo, lo que me impresionó por encima de todo, fue que jamás dijo nada al respecto. Lo descubrí al repasar las cuentas y, por decirlo de algún modo, aquello me encandiló. Si hubiera sido al contrario... bueno, pues no sé si habría sido tan generosa.

También comencé a dejar que el montón de la ropa sucia creciera, en lugar de forzarme a liquidarlo a altas horas de la noche, cuando ya estaba completamente exhausta después de todo un día de trabajo y familia. Comencé a no poner la lavadora cada día y hacía la colada por la tarde temprano. Cuando sacaba la ropa de la secadora, dejaba que los niños me ayudaran y hacíamos un juego de clasificarla y doblarla. Me parecía increíble que antes no me hubiera fiado de nadie para hacer esas tareas. Estaba aprendiendo a ser un poco más flexible y me daba cuenta de que la vida se me hacía infinitamente más fácil. Me admiraba al ver que no se acababa el mundo si las toallas o las sábanas no estaban dobladas tal como me había enseñado mi madre y que se dormía igual de bien en una cama que no estuviera tan bien hecha como las del hospital. No entendía cómo no me había percatado de todas esas cosas antes.

Por la noche, después de que Jim saliera a tocar con su banda, me sentaba en el sofá con Gracie y Joey y les leía cuentos antes de que se fueran a acostar. Aunque los dos eran lo bastante mayores para leer solos, encontrábamos algo reconfortante e incluso mágico en el hecho de compartir aquel ritual tranquilo y relajante. Parecía darles una sensación de seguridad que, además, estrechaba mis lazos maternales con ellos.

Hasta el trabajo se me había hecho más soportable. Por una parte, había descubierto que centrarme en las partes de mi trabajo que todavía me aportaban algún tipo de satisfacción, me ayudaba a minimizar mi disconformidad con la burocracia. Volqué la mayor parte de mi energía en explicar a los pacientes algo sobre sus enfermedades o dolencias, pero siempre sin dejar de escucharles. Eso no aligeraba la cantidad de papeleo y estupidez administrativa que había que cursar, pero contribuía a que no reparara tanto en ello. A medida que me implicaba más con los pacientes de nuestra unidad, también me percaté de que algunas enfermeras más jóvenes me pedían consejo. Me estremecí al pensar que antes me había mostrado reacia a compartir con ellas mi experiencia, porque tenía mi tiempo demasiado ocupado para preocuparme por ellas.

Al verme como una sanadora antes que como una empleada, era mucho más generosa con mi tiempo. Después de más de dos décadas de profesión, acabé por estar completamente segura de quién era y cuál era mi misión, y eso era lo único que importaba. Si a los burócratas no les gustaba, era su problema. Lo gracioso es que cuanto más firme y convencida me mostraba, la gente que solía meterse conmigo comenzó a dejarme en paz. Era fascinante.

Incluso la comida me parecía cada vez menos importante, quizá porque ya no me sentía tan vacía. La gente empezó a darse cuenta de que estaba perdiendo peso, incluso antes que yo, y eso sí era un verdadero milagro. Por lo general, era penosamente consciente de todas y cada una de mis fluctuaciones de peso, pero en esos momentos no me parecía algo tan importante.

Paradójicamente, cuanto más me olvidaba de la balanza, más adelgazaba. Me preguntaba si Joe se habría referido a eso cuando me dijo que no era imprescindible sufrir para perder peso. Ya que no me obsesionaba con las dietas, las calorías y el peso, disponía de una inusual fuente de energía que podía destinar a otros propósitos mucho más productivos.

Decidí destinar mi renovado vigor a buen fin. Un viernes por la noche que Jim tocaba con su banda y los niños habían ido a casa de unos vecinos para pasar la última noche del verano con sus amigos, tuve la agradable sorpresa de disponer de toda una noche para mí sola. Estaba inspirada, así que decidí construir aquel espacio personal que Joe me había recomendado con tanta insistencia.

Hice una rápida excursión a la tienda Pier One y compré un pequeño escritorio blanco muy barato y una silla a juego, para colocarlos en un rincón del comedor que nunca se utilizaba. Después, revolví el garaje hasta que encontré el biombo de seda que utilizaba de soltera y lo coloqué tapando el escritorio, para asegurarme un poco de intimidad. También encontré la alfombrilla azul que había mencionado Joe y la coloqué al lado de la silla. Añadí un par de velas perfumadas, un precioso diario intacto que me habían regalado hacía tres años, y un par de novelas para las que intentaba encontrar tiempo desde 1994. Recuperaba partes de mi pasado completamente olvidadas y las volvía a reunir, me sentía como un rompecabezas.

El tiempo pasó volando mientras buscaba objetos importantes de mi vida y los añadía a mi santuario particular. En el estante superior del armario, oculta tras unas polvorientas cajas de zapatos y monederos pasados moda, encontré mi cofia de enfermera. Era la que recibí en la ceremonia de graduación, en la prehistoria. La tomé con ternura entre mis manos y examiné aquel pequeño trozo de organdí como si se tratara de un fósil que pudiera evaporarse al más mínimo roce. Aunque parecía un molde para magdalenas y seguramente no llegaría a pesar ni treinta gramos, en una ocasión tuvo mucho peso para mí.

Las cosas habían cambiado muchísimo desde entonces, y sin previo aviso. Habíamos vivido en una era diferente en la que el dinero y los seguros médicos ni siquiera constituían un pequeño punto en nuestra agenda, mientras que el bienestar de nuestros pacientes era la prioridad indiscutible de todo hospital. ¿En serio había existido aquella era de la inocencia? Una ola de nostalgia me invadió y tuve que cerrar los ojos. Sentí que era transportada al pasado, a un pasado en el que algo tan simple como una cofia de enfermera había constituido un símbolo de orgullo, un rito, un tributo a una noble profesión.

De repente, volví a aquella sala tenuemente iluminada en la que cincuenta estudiantes de enfermería permanecían arrodilladas, con la cabeza gacha, sosteniendo en sus jóvenes y temblorosas manos una vela blanca. Aunque, en realidad, estaba en el dormitorio que compartía con mi marido, sentí la misma sensación que aquella noche lejana, como si no hubiera pasado el tiempo. Habría jurado sentir el peso de la cofia de organdí al tocarme la cabeza, cuando la fijaron a mi pelo castaño.

—El pasado siempre parece mucho mejor en retrospectiva —dijo alguien desde la distancia y, al abrir los ojos, descubrí a Joe frente a mí—. Pero tampoco hay que querer volver atrás —añadió—, porque entonces se elimina la idea de progreso.

—Pero es que antes todo era mucho mejor —susurré, como si todavía me encontrara en medio de la ceremonia de graduación.

—No necesariamente —replicó Joe con nostalgia—. Simplemente era distinto. Y quizá más simple. Pero eso no quiere decir que fuera «mucho mejor».

—¿Dónde has estado? —solté, sin mostrar ningún interés por lo que había estado diciendo—. Te he echado de menos.

—Ya lo sé —admitió, sin que sonara presuntuoso. Siempre quise saber cómo lo conseguía.

—Quiero hacerte una pregunta —dije, recordando súbitamente la tarde que pasamos en Sandy Hook.

—Dispara.

—¿Por qué sólo me diste cuatro instrucciones en lugar de seis como la otra vez? ¿Y a qué venía todo eso de que la seguridad no existe? No lo entendí. ¿Te importaría explicarte?

A Joe le pareció divertido. Se sentó sobre la cama. Sin saber por qué, me dejé caer en el suelo y me senté a sus pies, como un niño que adora a un adulto. Por algún motivo, me sentía muy cómoda.

—Escucha con atención, Christine —comenzó Joe, mientras su voz tomaba un cariz un tanto sombrío—. Cuanto más te desarrollas, más generales son los principios que debes recordar. Mira, a medida que las personas van creciendo y se van sintiendo más cómodas con su espiritualidad, las fronteras entre individuos empiezan a difuminarse, y eso es bueno, Christine. Ya estás muy cerca de entender que, en esencia, todos somos uno. La primera vez tuve que darte instrucciones más concretas, porque todavía no estabas preparada para comprender lo que he intentado enseñarte esta vez.

Intenté captar la magnitud de las palabras de Joe en silencio.

—¿Habrá una próxima vez? —quise saber.

—Quizá sí —dijo en un tono poco comprometido—. ¿Lo ves? A eso me refería al decir que la seguridad no existe, Christine. Existe, pero no como la mayoría de la gente la concibe. No hay que buscar la seguridad en las cosas, en el dinero o en las promesas, porque se encuentra en el corazón, en la forma de vivir cada día para hacerlo valioso, y también en los demás, ya sea ayudándoles o dejando que te ayuden. Siempre estamos en las mismas. La buena voluntad entre las personas es la máxima expresión de seguridad.

—Pero ¿qué ocurre entonces con la gente que no se ha desarrollado lo suficiente? —me interesé—. ¿Qué pasa con la gente que piensa que robar, matar y causar problemas es divertido?

—A eso es a lo yo llamo «libre albedrío malogrado» —respondió Joe, con tristeza—. Creé el libre albedrío para incitar la buena voluntad, pero tal como has dicho, no todo el mundo piensa de la misma manera —añadió. Fijó la vista en la ventana y miró las estrellas durante un buen rato, algo raro en él—. Y la gente me culpa por dejar que ocurran cosas malas —continuó, como si no hubiera existido ninguna pausa en el diálogo—. En realidad, la gente piensa que yo provoco las catástrofes y se preguntan qué clase de «Dios» es capaz de hacer esas cosas. La mayoría todavía no ha entendido que yo les regalé el don del libre albedrío sin pedir nada a cambio. Yo he depositado mi fe en vosotros y confío en que todos y cada uno de vosotros haréis lo que debéis, independientemente de las veces que os salgáis del camino o hagáis mal uso de vuestro don.

No supe qué decir. Me inquietaba ver a Joe tan dolido y molesto. Le miré a los ojos y me sorprendió ver que estaba conteniendo las lágrimas. De repente, lo único que quería en este mundo era consolar a aquel hombre que se había pasado toda su vida consolando y guiando a los demás.

Le puse la mano en la rodilla, como una criatura confundida que intenta consolar a su padre angustiado.

—No volveré a culparte de nada, Joe —le prometí—. Tiene que ser terrible trabajar tanto para ayudar a la gente y que luego todos acabemos dándote la espalda cuando llegan los problemas.

—Gracias, Christine —dijo bajito. Un atisbo de sonrisa le curvó los labios. Entonces me acarició la mano, se levantó y se marchó.

Ocho

Después de que Joe se marchara, me quedé en el dormitorio, disfrutando de la paz y la tranquilidad que había dejado tras de sí. Qué ironía, para una vez que gozaba de toda la intimidad y soledad que siempre había deseado, ya no quería estar sola. Entonces se me ocurrió algo. ¿Por qué no iba al club donde tocaba Jim esa noche y le daba una sorpresa? Me sentaría bien mostrarme como una mujer activa y comprometida en lugar de la mujer desaliñada, reglamentada y mediocre en que me había convertido en los últimos años.

Saqué de mi armario una toalla rosa de baño recién lavada, de las que reservo por si vienen visitas, y la coloqué en el toallero. Después revolví el cajón superior hasta que encontré los jabones franceses que Jim me había regalado por mi cumpleaños y que nunca había tenido humor para estrenar. Bueno, pues esa noche sí estaba de humor.

Me entretuve en la ducha, todo un lujo, y disfruté con el aroma floral del jabón. Después me senté en una silla y me embadurné de crema hidratante, una excentricidad que siempre me negaba por falta de tiempo.

Me encontré con la agradable sorpresa de que todo lo que tenía en el armario me iba demasiado grande, pero decidí no preocuparme por eso. Entonces recordé que hacía unos años, en un momento en el que intentaba motivarme para perder peso, me había comprado unos vaqueros varias tallas más pequeñas. Los encontré arrinconados en el fondo del armario y me los puse. Todavía me quedaban anchos. Fue una sensación fantástica. Después escogí una camiseta malva que había encogido increíblemente al lavarla y me estremecí al comprobar que me quedaba perfecta. Añadí un cinturón brillante, unas sandalias a juego, un brazalete de plata, un toque de maquillaje y... lista para mi primera aparición en el club, después de un montón de años.

Llamé a mi vecina y le dejé mi móvil por si los niños necesitaban algo. Una vez hecho, me metamorfoseé mentalmente en una especie de versión más serena y madura de Christine Moore, a punto para pasar una magnífica noche en compañía de un músico guapo y con talento que siempre la había tenido encandilada.

El Harold's estaba animado, lleno de humo y poco iluminado. De hecho, era tal como lo recordaba. Lo único realmente distinto era..., bueno, yo. Y, por supuesto, el hecho de que a los gorilas de la entrada ni se les pasaba por la cabeza la idea de pedirme el carné. Esa parte era bien distinta, lo puedo asegurar.

Me gustaban los cambios que iba notando en mí. Mientras me abría paso hacia una silla vacía, cerca del escenario, me sentí invadida por una renovada confianza. Me encantó descubrir que entre tantos rostros suaves y tersos y tantos cuerpos perfectos, no me sentía nada intimidada ni fuera de lugar. En lugar de sentirme ridícula o amenazada por aquellas jovencitas que flirteaban descaradamente con mi marido, sentía compasión por todo lo que tendrían que pasar antes de llegar a la magnífica etapa de mi vida que finalmente había conseguido alcanzar. Bueno ¿y ahora qué? Christine Moore MaGuire, de Neptune City, Nueva Jersey, estaba, por fin, después de tanto tiempo, en paz consigo misma.

Después de todo, quizá la vida fuese justa.

La banda estaba terminando un tema que no reconocí y, con toda discreción, tomé asiento entre la multitud. Vi que el teclista le daba un codazo a Jim, y sonreí tímidamente al ver que mi marido tardaba en reaccionar al verme. Sin decir nada, Jim se sentó en el taburete del centro del escenario y las luces perdieron intensidad hasta quedar prácticamente apagadas. Tomó el saxofón y empezó a tocar una impresionante versión de un tema muy poco conocido que había escrito para mí justo antes de casarnos.

Al reconocer la intimidad de lo que Jim estaba expresando con su música, sentí que se me arrebolaban las mejillas. Era como si Jim proclamara su amor por mí ante un par de centenares de extraños y me sentí muy halagada. Sentía que brillaba bajo la pálida luz de los focos del escenario y mi corazón se hinchó de orgullo ante el increíble talento de aquel hombre con el que estaba casada.

Me di cuenta de que hacía falta ser un artista para apreciar a otro.

Los chicos de la banda se ofrecieron a recoger el equipo tras el cierre del local para que Jim y yo pudiéramos marcharnos un poco antes. Dejamos la camioneta de Jim en el aparcamiento para que sus compañeros la cargaran y volvimos a casa en mi coche, como dos enamorados en su primera cita.

Yo me subí al asiento del copiloto, contenta de ceder el volante a Jim, mientras buscaba una canción apropiada en la radio. Unas gotas pesadas y enormes comenzaron a manchar el parabrisas justo cuando entrábamos en la autopista y, para cuando llegamos al cartel de «Bienvenidos a Neptune City», los truenos rompían el silencio de la noche y los relámpagos resquebrajaban el espeso cielo nublado.

Aparcamos en el camino de entrada y corrimos bajo la lluvia para refugiarnos a oscuras en el salón. Un relámpago iluminó la sala y yo, instintivamente, escondí la cabeza en el hombro de Jim. Al minuto siguiente Jim estaba acariciándome la cara con sus manos de músico y besándome de un modo que pensé que jamás volvería a experimentar.

Entre juegos y risas, sugerí bajar el colchón de nuestra cama al salón, para ver la última tormenta del verano. Y resultó ser una magnífica idea.

Hablamos hasta altas horas de la noche, mientras los truenos y los relámpagos salpicaban nuestras palabras y nuestros pensamientos más profundos. Había algo reconfortante en el manto de oscuridad que nos envolvía. A decir verdad, nos hizo más fácil la comunicación, puesto que nos aportaba el refugio necesario para las dolorosas emociones que nos teñían la cara. Hacía muchísimo tiempo que no hablábamos de aquel modo y empecé a sentir que nacía entre nosotros una nueva corriente de intimidad.

Protegida por la oscuridad, encontré fuerzas para bajar todas mis defensas y pedí perdón a Jim por haber sido tan fría y controladora. Le dije que estaba comenzando a entenderme mejor a mí misma y que toda mi tensión e irritabilidad habían sido fruto de mi propia infelicidad personal. Sabía que toda mi frustración tenía muy poco, o quizá nada, que ver con su comportamiento. Le prometí que desde aquel momento, dedicaría más tiempo a mis defectos y fallos que a proyectar automáticamente mis frustraciones en él.

Cuando acabé, se hizo un largo silencio y, hasta que no volvió a brillar otro relámpago en el cielo, no vi que las lágrimas corrían por las mejillas de mi marido.

Había llegado su turno. Esa noche descubrí cosas sobre Jim que jamás hubiera descubierto a plena luz del día. Descubrí su temor ante mi desaprobación, su miedo a no cumplir con mis expectativas como marido y padre. Me sorprendió ver que él también sufría inseguridades muy similares a las mías sobre su talento, su capacidad de relacionarse y, lo más increíble, su atractivo sexual. Se disculpó por su malograda carrera artística y admitió que no podía culparme por estar resentida con el hecho de haber tenido que volver a trabajar para mantener a la familia.

—Ya no me importa tener que trabajar —le dije, y así lo sentía.

Estábamos los dos juntos, tranquilos, tumbados bajo los truenos y los relámpagos. Pensé en lo desgraciados que habíamos sido por culpa de una delincuente cargada de alevosía llamada «falta de comunicación».

—He sido tan injusta contigo, Jim —me reproché con solemnidad—. ¿Cómo has podido aguantarme? En serio. ¿Qué te impidió hacer las maletas y largarte?

Noté que su mano agarraba la mía bajo la sábana y una extraña expresión le cruzó la cara.

—Yo nunca te dejaré, Christine —me dijo con una voz rota por la emoción.

—¿En serio? —insistí, incrédula—. ¿Nunca? ¿Y por qué?

Jim vaciló una fracción de segundo.

—Es que hay algo que nunca te he dicho —confesó—, porque temía que pensaras que estaba loco.

—Yo nunca pensaría eso —dije, con dulzura.

—Hace unos diez años, más o menos cuando te conocí —comenzó vacilante, tras estrecharme la mano—, conocí a un tipo. Bueno, no era un tipo cualquiera, ¿sabes? —añadió, e hizo una pausa—. Era Dios.

Carraspeé. No pude evitarlo. Estaba desconcertada.

—Sigue —lo animé, tratando de mantener la voz calmada.

—Bueno —continuó, lleno de coraje, a pesar de la

ansiedad que lo embargaba—. Me dijo que tú eras la mujer de mi vida. Me dijo que seguramente ambos nos daríamos lecciones dolorosas, pero que tú eras la única mujer en el mundo con la que yo debía compartir el viaje de la vida. —Guardó silencio y esperó—. Eso es lo único que necesitaba saber —concluyó—. Y he estado convencido de ello desde entonces.

Se me había formado un nudo en la garganta y me había quedado sin habla. Joe había ido a buscar a Jim. Eso es. Quién lo iba a decir, ¿verdad?

De repente, sentí que renacía la antigua atracción, aquello que no había sentido desde hacía años por mi marido. Aparentemente, el sentimiento fue mutuo, porque Jim se inclinó para besarme. Cuando lo hizo el corazón se me abrió de par en par y el amor contenido durante diez años salió a borbotones.

Luego, mientras observábamos tumbados la tormenta, Jim me contó que un productor que estaba trabajando en un nuevo programa de espectáculos nocturno había estado en el club aquella noche. Buscaba una banda que completara el cuadro anfitrión del espectáculo y, según parecía, le había gustado lo que había escuchado. Jim y su banda tenían concertada una audición para el día siguiente en Nueva York y, si todo iba bien, les habían prometido un sueldo que bastaría para hacer realidad los sueños que Jim había aparcado muchos años atrás.

Lo irónico del caso es que eso ya no importaba. Lo que importaba en ese momento era que volvía a querer a mi marido, que teníamos dos preciosos hijos muy sanos, una casa y una maravillosa vida compartida. Por una vez, el dinero no tenía ningún sentido. Me quedé dormida en los brazos de mi marido y, al despertarnos, nuestros vínculos se habían fortalecido.

La mañana era clara y brillante. No quedaba ni rastro de la tormenta de la noche anterior. Ese fin de semana libraba en el hospital, de modo que Jim y yo compartimos un desayuno ocioso y luego lo dejé en la estación de Belmar. Le di un beso para desearle suerte y me quedé en la plataforma hasta que su tren desapareció en la distancia, hacia el norte, hacia una bien merecida promesa de éxito.

Los niños no llegarían a casa hasta las nueve, de modo que me paré a tomar un café y luego decidí que todavía me quedaba tiempo para una agradable carrera por la playa. Aunque tendría que conducir un poco más, quería correr por la arena de Sandy Hook. Había algo en la inmensidad y la belleza intacta y agreste de aquel lugar que me atraía sobremanera. Al cabo de media hora, estaba haciendo estiramientos al lado del coche, mientras observaba el horizonte trémulo de una gloriosa mañana de septiembre.

Empecé a correr pausada y regularmente, al tiempo que observaba cómo las olas jugueteaban airosas contra la popa de una solitaria barca de pesca, a escasa distancia de la playa. Todo era tan perfecto que no me extrañó en absoluto escuchar el sonido de unas pisadas que avanzaban a mi mismo ritmo. Ni siquiera tuve que mirar. Sabía que Joe volvía a estar conmigo.

—Buenos días —me saludó, sin resollar.

—Buenos días —respondí, sonriente.

—Estoy encantado de verte tan contenta, Christine —comentó sin modificar su marcha—. Al parecer tú y Jim habéis tenido la oportunidad de arreglar un poco las cosas, ¿no?

—Es cierto —dije, y me reí. Entonces recordé lo que Jim me había contado por la noche y me detuve de golpe—. Así que también fuiste a buscar a Jim, ¿eh? ¿Por qué no me lo dijiste?

Joe rió con inocencia.

—Porque sabía que él te lo diría a su debido tiempo.

Me quedé inmóvil un momento y escruté el bello rostro de Joe. Estaba radiante.

—Te veo muy bien, Joe —dije, con toda sinceridad—. De hecho, estás radiante.

—Ver a la gente unida de nuevo alimenta mi espíritu —reconoció.

Seguí observándole bajo la dorada luz de la mañana para intentar grabar en la memoria la chispa, el entusiasmo y el amor que de él emanaba.

—Gracias por volver a mostrarme el camino —murmuré con delicadeza.

—Ha sido un placer.

—Ahora te marcharás, ¿verdad? —pregunté, a pesar de que ya conocía la respuesta. No sé cómo supe que mi tiempo se había terminado, pero lo supe.

—Ahora ya puedes arreglártelas sola, Christine —admitió, después de asentir con la cabeza—. Tengo fe en ti.

Con eso, me tomó la mano, se la llevó a sus labios

carnosos y me regaló un largo y cálido beso en los nudillos.

—¿Esta vez no me dejas ninguna prueba física? —pregunté, esperando que me dejara algún recuerdo del tiempo que habíamos compartido.

Joe se limitó a sonreír y a guiñarme el ojo. Lo vi alejarse por la playa hasta su Harley. Me quedé quieta hasta que escuché el rugido del motor, y vi que alzaba la mano y levantaba el pulgar. Entonces, como una estrella fugaz, se alejó del aparcamiento hacia el sur, tierra adentro.

Me volví hacia el mar y me quedé mirando fijamente los destellos del agua con cierta melancolía. Al final, reposé la vista sobre la arena esponjosa y mojada de la orilla. Había algo escrito, y aunque las olas se paseaban por encima, no habían conseguido borrarlo. Llena de curiosidad, me acerqué y lo que vi me dejó sin aliento.

Un enorme corazón con una flecha atravesada con un mensaje en su interior:

Joe ama a Christine. Para siempre.